古典新知

西游三昧

张锦池 著

人民文学出版社

图书在版编目(CIP)数据

西游三昧 / 张锦池著. --2 版. --北京:人民文学出版社,2023
(古典新知)
ISBN 978-7-02-018285-5

Ⅰ.①西… Ⅱ.①张… Ⅲ.①《西游记》研究 Ⅳ.①I207.414

中国国家版本馆 CIP 数据核字(2023)第 186156 号

责任编辑 杜广学
装帧设计 刘 远
责任印制 张 娜

出版发行 人民文学出版社
社 址 北京市朝内大街 166 号
邮政编码 100705

印 刷 三河市鑫金马印装有限公司
经 销 全国新华书店等

字 数 148 千字
开 本 880 毫米×1230 毫米 1/32
印 张 8.25 插页 10
版 次 2000 年 1 月北京第 1 版
2023 年 10 月北京第 2 版
印 次 2023 年 10 月第 1 次印刷

书 号 978-7-02-018285-5
定 价 54.00 元

如有印装质量问题,请与本社图书销售中心调换。电话:010-65233595

目　录

成书考索

全书总论

人物细讲

附录

成书考索

玄奘取经神魔化的契机

《西游记》是由《取经诗话》演化而来的。《取经诗话》写玄奘西行求法，曾获得妖仙的辅佐。这妖仙就是孙悟空的前身猴行者，他的出现是玄奘取经故事之神魔化的主要标志。

说来也叫人好笑，不少年来令我困惑不解的问题之一竟是：玄奘求法天竺是中印文化交流史上的伟大壮举，可又怎么会出现个猴行者而使这伟大壮举神魔化的呢？这个猴行者有无其现实的原型？求索的结果，我倾向于说“有”，那就是《三藏法师传》中的年轻胡人石游陀。而石游陀与玄奘的一段师徒关系，可能就是猴行者成为玄奘弟子的契机。这是怎么说的呢？

我们知道，玄奘于贞观三年起程求法，时国政尚新，疆埸未远，禁约百姓不许出蕃。玄奘欲结侣西行，有诏不许；乃潜抵瓜州，拟偷渡玉门。不数日，凉州访牒亦至，云“有僧字玄奘，欲入西蕃，所在州县宜严候捉”。《三藏法师传》写此时此刻的玄奘，其文云：

> 遂贸易得马一匹，但苦无人相引。即于所停寺弥勒像前启请，愿得一人相引渡关。其夜，寺有胡僧达磨梦法师坐一莲花向西而去。达磨私怪，旦而来白。法师心喜为得行之征，然语达磨云："梦为虚妄，何足涉言。"更入道场礼请，俄有一胡人来入礼佛，逐法师行二三匝。问其姓名，云姓石字游陀。此胡即请受戒，乃为授五戒。胡甚喜，辞还。少时，赍饼果更来。法师见其明健，貌又恭肃，遂告行意。胡人许诺，言送师过五烽。法师大喜，乃更贸衣资为买马而期焉。

正当玄奘"苦无人相引"西行而凉州访牒又至之际，正当玄奘于"弥勒像前启请，愿得一人相引渡关"之时，石游陀"来入礼佛，逐法师行二三匝"，并"即请受戒"，且"言送师过五烽"，这从宗教的经验心理看问题，石游陀之成为玄奘弟子，岂但是玄奘的"得行之征"，简直可以看作是神灵遣来送玄奘向西而去的一座"莲花"。这与《取经诗话》所写三藏法师行程中遇猴行者，这与《西游记》杂剧所写唐僧于花果山解救孙行者，这与世本《西游记》所写唐僧于五行山救度孙悟空，其思想寓意是相同的。这是不可不注意的第一点。下文云：

> 明日，日欲下，遂入草间，须臾彼胡更与一胡老翁乘一瘦老赤马相逐而至，法师心不怿。少胡曰：“此翁极谙西路，来去伊吾三十馀返，故共俱来，望有平章耳。”胡公因说西路险恶，沙河阻远，鬼魅热风，遇无免者。徒侣众多，犹数迷失，况师单独，如何可行？愿自料量，勿轻身命。法师报曰：“贫道为求大法，发趣西方，若不至婆罗门国，终不东归。纵死中途，非所悔也。”胡翁曰：“师必去，可乘我马，此马往返伊吾已有十五度，健而知道。师马少，不堪远涉。”法师乃窃念在长安将发志西方日，有术人何弘达者，诵咒占观，多有所中。法师令占行事，达曰：“师得去。去状似乘一老赤瘦马，漆鞍桥前有铁。”既睹胡人所乘马瘦赤，漆鞍有铁，与何言合，心以为当，遂即换马。胡翁欢喜，礼敬而别。

玄奘西行求法，其苦难历程是从瓜州至伊吾。如果说，从伊吾至天竺，他是位“名王拜首，胜侣摩肩”的“著名访问学者”，那么，从瓜州至伊吾，他则是个“乘危远迈，杖策孤征”（李世民《大唐三藏圣教序》，见《全唐文》卷十）的地道苦行僧。真是否泰如天地。然而任他惊风拥沙，空外迷天，玄奘没有在八百里渺无人烟的莫贺延碛中失道，此无他，就在于所乘骑的是一匹“往返伊吾已有十五度”的瘦老赤马。“有术人何弘达者”云云固然是种不足征信的宗教迷信心理，但由此亦可以看出玄奘于多少年后在回首往事时也一直没有忘记这匹马的作用，甚至还自神其迹。因此，这么想问题显然是可以的：如果没有石游陀的大力帮助，玄奘便不会有这匹“极谙西路”的瘦老赤马；石游陀虽然没有相引玄奘至伊吾，可实际上却起了这种护法弟子的作用。《取经诗话》里的猴行者，一路降妖伏怪，主要是靠大梵天王所赐的三件法宝；《西游记》杂剧里的孙行者，一路降妖伏怪，主要是靠请神佛前来解厄。二者在唐僧取经过程中的实际作用，充当着向导的一面显然是更为基本的。甚至直到《西游记》里的孙悟空，其一路所起的向导作用，还远远超过猪八戒与沙和尚哩。凡此说明，可万万不能小看这一向导作用，假若中道失路，玄奘也就到不了天竺，因而昔日谁充了法师的向导，也就成为人们所最关心的问题，翘首以待回答的问题，不论孙悟空的形象怎么演化，其向导作用一如既往，正是人们在孙悟空身上的这一心理积淀使之然。石游陀之于玄奘求法和孙猴子之于唐僧取经，二者的基本作用是颇为一致的。这是不可不注意的第二点。下文又云：

> 于是装束，与少胡夜发。三更许到河，遥见玉门关。去关上流十里许，两岸可阔丈馀，傍有梧桐树丛。

> 胡人乃斩木为桥，布草填沙，驱马而过。法师既渡而喜，因解驾停憩，与胡人相去可五十馀步，各下褥而眠。少时，胡人乃拔刀而起，徐向法师，未到十步许又回，不知何意，疑有异心。即起诵经，念观音菩萨。胡人见已，还卧遂睡。天欲明，法师唤令起取水盥漱，解斋讫欲发，胡人曰："弟子将前途险远，又无水草，唯五烽下有水，必须夜到偷水而过，但一处被觉，即是死人。不如归还，用为安稳。"法师确然不回。乃俛仰而进，露刀张弓，命法师前行。法师不肯居前，胡人自行数里而住，曰："弟子不能去。家累既大而王法不可忤也。"法师知其意，遂任还。胡人曰："师必不达。如被擒捉，相引奈何？"法师报曰："纵使切割此身如微尘者，终不相引。"为陈重誓，其意乃止。与马一匹，劳谢而别。

石游陀相引玄奘三更天偷渡的那条河，显然是"下广上狭，洄波甚急，深不可渡"的瓠𤬝河，它曾使玄奘闻而益增忧惘。然而，重要的是，石游陀在受戒时曾"言送师过五烽"，一到玉门关下却生了异心；其路上的行为简直令人难以捉摸，堪说是个心猿意马的人。正因如此，所以他虽则给了玄奘以诸多的切实帮助，但玄奘对他却并不怎么信任。这种师徒间的关系显得很微妙，好像对这位保驾弟子应该有所提防似的。《取经诗话》第三节写三藏法师问猴行者：

“汝年几岁？”行者答曰：“九度见黄河清。”法师“不觉失笑”，认为是“妄语”。第四节写猴行者告诉法师：“此去人烟都是邪法。”法师闻言“冷笑低头”。第十一节写法师让猴行者偷西王母的蟠桃，行者呈上由蟠桃变成的人参果，法师以为这是行者在作弄他，遂转身便走。《西游记》杂剧写唐僧行至花果山解救了孙行者，孙行者却想吃掉唐僧；多亏观音菩萨前来给孙行者戴上一个“铁戒箍”，才确保了唐僧的安全。甚至直到《西游记》里唐僧对孙悟空的信任，也远不如对猪八戒和沙和尚的信任。凡此，不难看出：既收其作保驾弟子而又怀有疑心，玄奘和石游陀与唐僧和孙猴子，就其师徒关系的微妙性来说，二者又何其相似乃尔！这是不可不注意的第三点。

还有第四点，那就是：石游陀于礼佛时受“五戒”，是佛教中不落发的教徒。其在家修行则相当于居士，其在寺庙劳作则相当于行者。石游陀作为玄奘西行时的相引，其实际身份也是与后来取经故事中的孙猴子相符的。到《西游记》杂剧和世本《西游记》里，孙悟空虽已成为唐僧的大弟子，但其在释门的名分却依然是个“行者”。

最后，这个胡人既然是由玄奘亲为授戒的佛门弟子，当然也就易于被人们认为是胡僧。“胡”与“猢”同音，“僧”与“狲”音近；中国又多猿猴故事，《宣室志·杨叟》中便有猢狲变成胡僧以戏人的传说。或以讹传讹，或从中获得灵感，那位曾助玄奘偷渡玉门的“胡僧”便随之而被幻化为神通广大的“猢狲”。于是，一个神魔型的唐僧取经故事就衍化出来了，其主要特点是说：玄奘取经，猴精保驾。这也符合宗教社会的普遍心理；况且，佛教密宗“护法神猕猴的事甚多”（刘荫柏《西游记研究资料》案语，见该书第 299 页，上海古籍出版社 1990 年版）。玄奘求法天竺，本是个历史壮举，可人们却于幻想中让一个“老猴精”加入取经队伍使之充当法师的向导，其契机，我以为亦即在此。质之高明，以为何如？

足见，猴行者之入取经故事并成为唐僧的护法弟子，是既有其外因而又有其内因的。外因是中国具有丰富的猿猴故事，既有佛教思想系统的“听经猿”形象，也有道教思想系统的“修炼猿”形象，可供借鉴与提炼（详见拙著《西游记考论》第五章《论孙悟空形象的演化》第二节，黑龙江教育出版社 1997 年版）。内因是《三藏法师传》中曾浓墨重彩地描述了石游陀这个人物及其在玄奘西行求法过程中所起的实际作用。二者一结合便出现了取经故事中猴行者这个形象，从而导致了玄奘取经故事的日益神魔化。这么看孙悟空形象的由来，与鲁迅的来自无支祁说以及胡适的来自哈奴曼说等相比，似乎还是较为密合事理些。至于孙悟空的幻相原型究竟是佛教文化系统的“听经猿”，还是道教文化系统的“修炼猿”，当另题探讨，这里也就从略了。

《取经诗话》成于何时

文学史上所说的“唐僧取经故事”，是以“取经烦猴行者”为其标志的。《大唐三藏取经诗话》作为文学巨著《西游记》的先导，考察其成书年代，事关有据的“取经烦猴行者”故事究竟产生于何时，这是文学史上应予弄清而又尚未弄清的重要问题。

《取经诗话》最早的传布者罗振玉说它是“宋人平话”。王国维的《跋》根据“中瓦子张家印”的牌记定为“南宋人所撰话本”，但后来在《两浙古刊本考》中又认为是元刻本。说得比较圆通的是鲁迅《中国小说史略》，道是：“张家为宋时临安书铺，世因以为宋刊，然逮于元朝，张家或亦无恙，则此书或为元人撰，未可知矣。”说法自相牴牾的是胡士莹《话本小说概论》，当其论及成书年代时写道：“此书刻工字体质朴中有圆活之致，证以王氏跋语，当为南宋晚期的刊本。”当其论及“话本与诗话”的关系时又写道：“‘诗话’这一形式和名称，可能在宋以前就有了，如《大唐三藏取经诗话》。”而李时人和蔡镜浩的《〈大唐三藏取经诗话〉成书时代考辨》，则接过胡士莹的这后一说法予以畅而论之，其结论是：“《取经诗话》的最后写定时间不会晚于晚唐、五代。”遂出现了“宋元”说、“南宋”说、“晚唐五代”说，当前势成鼎足。

照我看来，这三说皆难以成立。无论外证，还是内证，均在证明：《取经诗话》的成书年代，其上限不会早于北宋仁宗年间，下限不会晚于南宋立国之君高宗年间，当是北宋中后期的作品，甚或成书于徽宗年间亦未可知。

其一，众所周知，杭州早在北宋以前便是花柳繁华地，五代时吴越就曾建都于此。两宋书铺一般皆世代为业，张官人经史子文籍铺或亦如此。则《取经诗话》既有可能刊于南宋中期以后或更晚，也有可能刊于南宋中期以前或更早。足见，光凭对“中瓦子张家印”数字的考证，实难对《取经诗话》成书于何时作出科学的结论。既然如此，又怎可以王国维的断语或鲁迅的推测之辞定谳！况且，今见《取经诗话》似非初刻，其初刻本当是十八节，而不是十七节。何以知之？这有其第十七节可证，它当是将初刻本中的两节误刻如此。一节从“回到河中府，有一长者姓王，平生好善，年三十一，先丧一妻，后又娶孟氏”起，至“众会共成诗曰：‘法师今日好姻缘，长者痴那再出天。孟氏居那无两样，从今衣禄一般般。’”此为初刻本“到陕西王长者妻杀儿处第十七”，即今见之回目。一节从“法师七人，离大演之中，旬日到京”起，至“皇帝与太子诸官，游四门哭泣，代代留名；乃成诗曰：‘法师今日上天宫，足衬莲花步步通。满国福田大利益，免教东土堕尘笼。’太宗后封猴行者为铜筋铁骨大圣”。此为初刻本第十八节，不妨名之曰“法师入朝覆旨成大道处第十八”。若然，则既合全书各节以话起以诗结而一节叙一事的体例，全书节数又合“三”的倍数，而佛教是崇“三”的。更有一层，“到陕西王长者妻杀儿处第十七”，绝非取经故事之末回的应有回目，其末回的回目应点明法师取经的结果，于事理始为密合。既然今见《取经诗话》非初刻本，当然也就不能以其刊行年代作为其成书年代，明矣！所以，要对《取经诗话》的成书年代作出比较精当的结论，就不可不注意这一点。

其二，正如钱锺书所说：“《西游记》事见南宋人诗中，当自后村始。”（《小说识小》，转引自朱一玄、刘毓忱编《〈西游记〉资料汇编》第38页）其《释老六言十首》之四云：“一笔受楞严义，三书赠大颠衣。取经烦猴行者，吟诗输鹤阿师。”刘后村生于宋孝宗淳熙十四年（1187），卒于宋度宗咸淳五年（1269），享年八十二岁，生活于南宋中后期，官至工部尚书兼侍读，以龙图阁学士致仕，是个典型的传统士大夫。其诗文虽好用本朝故事，亦不致草草征引民间传说。“取经烦猴行者”云云，似反映了当时即便没有一个“本本”，亦必有个相沿已久的完整的口头故事，否则他不会引以入诗。如果此说还比较密合事理，那至晚在南宋中期以前当有一个“取经烦猴行者”的完整故事盛传于民间，而它的“本本”可能就是《取经诗话》。

其三，现存最早的唐僧取经壁画，是甘肃安西榆林窟的三处《唐僧取经图》。这三处《唐僧取经图》有个共同的特点，就是只画唐僧、猴行者和白马，没有猪八戒和沙和尚，与《取经诗话》中的人物设置基本相符。问题在于：这三幅《唐僧取经图》与《取经诗话》在时序上孰先孰后？要想作出令人信服的回答，最好莫过于以《西游记》杂剧中的孙行者形象作为参照物。《取经诗话》中的猴行者，性情比较善良，不肯轻易杀生，手无兵刃，靠佛宝降魔，一路呈白衣秀士相。《西游记》杂剧中的孙行者，性情甚是酷烈，曾以人肉果腹，手执生金棍，斗妖伏魔，一路呈猴相。《唐僧取经图》中的猴行者，满脸放荡不羁的野气，其中一幅已经出现持棒的猴行者的形象，三幅壁画中的形态莫不呈猴相。问题很清楚，若就孙悟空的形象演化来说，《唐僧取经图》是上承《取经诗话》而下启《西游记》杂剧。问题还在于：这三幅《唐僧取经图》，绘于何时？当前有三种说法：一认为“大约作于西夏初年”，一认为“绘于西夏鼎盛时期”，一认为“是明显的西夏晚期洞窟”。西夏自李元昊于1038年称帝至帝睍于1227年出降成吉思汗，凡享国一百九十年而亡。其初年相当于北宋中期，是元昊及其子谅祚在位时期；其鼎盛时期相当于南宋前期，是一代雄主仁宗在位时期；其晚期相当于南宋中期，而仁宗之崩距西夏亡仅二十六年。所以，“鼎盛时期”说和“晚期洞窟”说在时间上的差异实无关紧要，是可信的；而“西夏初年”说则难以成立，这有洞窟的“布局与壁画内容皆有较浓厚的所谓早期藏密成分”可证（白滨编《西夏史论文集》第396页，宁夏人民出版社1984年版）。要之，当南宋中前期，其时“取经烦猴行者”作为一个完整的故事形态，已家喻户晓，已发生变异，已传入西夏，已成为榆林窟壁画的题材，则《取经诗话》的成书年代至晚当亦不会晚于南宋初年。

其四，如果说，猴行者的出现是玄奘取经故事神魔化的主要标志，那么，标题大多带一个“处”字则反映了《取经诗话》体制上的主要特征：

> （第一节全佚），行程遇猴行者处第二；入大梵天王宫第三；入香山寺第四；过狮子林及树人国第五；过长坑大蛇岭处第六；入九龙池处第七；（题原佚）第八；入鬼子母国处第九；经过女人国处第十；入王母池之处第十一；入沉香国处第十二；入波罗国处第十三；入优钵罗国处第十四；入竺国度海之处第十五；转至香林寺受心经本第十六；到陕西王长者妻杀儿处第十七。

我们知道，叙述中在韵文和散文交替的地方以“处”字表明故事情节的转折和场面的变换，这是唐五代变文体制上的显著特点。而变文这样使用“处”字，则是起于“俗讲”僧人以图文相映的讲说方式——他们“以文字显经中神变之事，谓之变文”，“以图画显经中神变之事，谓之变相”（周绍良《敦煌变文汇录叙》）；某节变文就是对变相中某一场面的“陈说”，某某“处”就是指给“看官”看的变相中的某某场面，以便听众按图索骥。《取经诗话》现存十五个小节标题竟有十一个带“处”字，这无疑是受了变文的影响。然而，却不是将之用于叙述中韵文和散文交替的地方以示故事情节的转折和场面的变换，而是将之置于标题创为关目以提挈该节的故事情节；且在叙述中跳出了变文一段诗、一段话，联珠间玉的程式，而创为每节皆以话起、以诗结，珠玉生辉的格局。这一体制上的戛戛独造又使《取经诗话》成为章回小说和诸宫调之祖。李时人等鉴于“《取经诗话》中的用词习惯和变文有很多一致的地方”，便认为“《取经诗话》的最后写定时间不会晚于晚唐五代”。王国维等则鉴于“此书与《五代平话》、《京本小说》及《宣和遗事》体例略同，三卷之书共分十七节，亦后世小说分章回之祖”，认为它是“南宋人所撰话本”。其实，现在我们所能看到的唐宋文学，与《取经诗话》的体制最为接近的当是残卷诸宫调

《刘知远传》。“它的创作时期，大约在南宋初年。”（胡士莹《话本小说概论》第177页注）全书分十二节，今缺第四节至第十节，第一、第三、第十一诸节亦残。重要的是，它每节有一个标题，如“知远走慕家庄沙佗村入舍第一”“知远别三娘太原投军第二”等等，与《取经诗话》的标题方式简直如出一辙，只是已不那么好用一个“处”字。把它们看作是变文朝向章回小说和诸宫调演化之发轫期的产物，而《取经诗话》又早于《刘知远传》，该不是主观臆测吧！若然，则知《取经诗话》的成书年代，其下限绝不会晚于南宋立国之君高宗年间，甚或不会晚于北宋末年。

其五，《取经诗话》“入大梵天王宫第三”，写三藏法师在猴行者导引下，同往“北方毗沙门大梵天王水晶宫”赴斋。其中有这么一段情节：

> 罗汉问曰：“今日谢师入宫。师善讲经否?”玄奘曰：“是经讲得，无经不讲。”罗汉曰：“会讲《法华经》?”玄奘(曰)：“此是小事。”当时五百尊者、大梵王，一千馀人，咸集听经。玄奘一气讲说，如瓶注水，大开玄妙。众皆称赞不可思议。

这一情节是那么值得注意，它打着极其鲜明的时代烙印。何以言之？汤用彤《隋唐佛教史稿》附录二《五代宋元明佛教事略》，曾这样记述五代以来历朝效法唐中宗师法科举制度，敕天下试经度僧以对全国僧数寺数加以限制而谨防其滥：

> 后唐末帝清泰二年(935)，功德使奏每年诞节诸州奏荐僧道，其僧尼欲立讲论科、讲经科、表白科、文章科、应制科、持念科、禅科、声赞科，以试其能否，末帝从其议。至周世宗毁并寺院，有诏约束云：男子十五以上，念得经文一百纸或读得五百纸，女年十三以上，念得经文七十纸或读得三百纸，经本府陈状，乞剃头，委录事参军本判官试验。两京、大名、京兆府、青州各起置戒坛，候受戒时，两京委祠部差官引试；其三处祇委判官逐处闻奏。候敕下委祠部给付凭由，方得剃头受戒(上引《容斋三笔》，并注言：念经、读经之异，疑为背诵与对本)。上说二令不悉果实行否，惟二代均享国极短，即行亦不久也。
>
> 至宋太祖、太宗均以试经度僧。建隆三年，诏每岁试童行通《莲花》七轴者给牒披剃；雍熙三年，诏系帐童行并与剃度，自今后读经及三百纸、所业精熟者方许系帐；至道元年，诏度僧尼诵经百纸、读经五百纸为合格。然是项法令似少遵行，故真宗复申前禁(大中祥符六年令天下试童行经业。其后仁宗试天下童行，诵《法

> 华经》，见《归田录》）。盖北宋所试经，率为《法华经》也（见《统纪》引若讷《札子》）。南宋则纳钱于官，便可出家（据《容斋三笔》）。孝宗时，僧录若讷上札，请复试经事，竟不行（见《统纪》卷四十八，淳熙十年，可详参）。元代重佛，出家漫无限制。明太祖复试经之法（洪武六年、洪武二十六年、洪武二十八年），不久度又滥……清朝遂不行此制。

这说明：五代两宋的度僧制，其内容各不相同。唯“北宋所试经，率为《法华经》”。这还说明：《取经诗话》写三藏法师赴斋大梵天王水晶宫，斋前罗汉请这位下界法师升座讲说《法华经》，实际上是现实生活中的试经度僧制在作者头脑中的反映，所以让唐僧讲《法华经》后又让大梵天王赐唐僧三件法宝以护其西行求法。从而也就有力地证明：《取经诗话》的成书年代，其上限不会早于北宋前期，甚至不会早于仁宗年间。

其六，河南宝丰县香山寺内，宋蔡京所书《大悲观音得道证果史话》，记载了“妙善得道成观音”故事。该故事说妙善因违父命学佛修行而被其父楚庄王所杀，玉帝命阎王使她复活于香山紫竹林中；妙善转世后，专修菩萨道，行菩萨行，遂证果为观音菩萨。《取经诗话》中的观音道场，正是“香山”其地，而非《华严经》上所说的“补怛洛迦山”，可见该道场与“妙善得道成观音”故事有关。于此亦可以看出《取经诗话》当非北宋以前作品，因为“玉帝”之始封者是宋真宗赵恒。

其七，实际上，题名《取经诗话》，从“诗话”二字上亦可发现它的时代印记。王国维说《取经诗话》：“其称诗话，非唐宋士大夫所谓诗话，以其中有诗有话，故得此名；其有词者则谓之词话。”胡士莹认为：“顾名思义，王氏这种说法并无错误。”照我看来，唐宋士大夫所谓“诗话”，当分为两种体制。一种如司空图《诗品》和严羽《沧浪诗话》，实际上是“诗论”。另一种如孟啓《本事诗》和欧阳修《六一诗话》，道吟咏者事，说吟咏者诗，实际上倒有几分像“小说”。《取经诗话》的体制与前者绝异，与后者却有内在的共同点。足见，《取经诗话》中的以诗代话，它不只受了变文的影响，还受了《本事诗》一类“诗话”的影响。“诗话”这一名称，通常认为来自欧阳修的《六一诗话》。欧阳修生于1007年，卒于1072年，《六一诗话》是其晚年之作，则知《取经诗话》的成书年代不会早于北宋中期。

其八，《取经诗话》中还有一段十分令人注目的话，它简直就是作者在大声疾呼，事见“转至香林寺受心经本第十六”，写定光佛授予《心经》后郑重嘱咐三藏：“回到唐朝之时，委嘱皇王，令天下急造寺院，广度僧尼，兴崇佛法。”这段话是那么具有时代烙印，它告诉我们：《取经诗话》绝不是什么“佛教极盛时期的寺院作品”，而是佛教蒙受压抑时期的善男信女们的思想反映。整个北宋虽未积极毁法，却一直以试经度僧制严格地限制全国僧数寺数，且崇道远远优于尊释，真宗与徽宗时尤甚。其善男信女们发为此言，不亦宜乎！所以，《取经诗话》极有可能来自仁宗年间寺院僧人的“俗讲”，而最后写定于“俗讲”僧人可以离开寺院到“瓦子”宣讲的宋徽宗年间，是北宋中后期的作品，或为徽宗年间“俗讲”僧人撰，未可知矣。

最后，“晚唐五代”说所以获得不少学者的赞同，正方兴未艾，主要是由于它拥有两张“王牌”。一曰：杭州将台山“唐僧取经浮雕”为五代时的作品，这有史岩《杭州南山区雕刻史迹初步调查》(《文物参考资料》1956 年第 1 期)所云可证。二曰：五代时扬州寿宁寺曾画有“玄奘取经壁画”，这有欧阳修《于役志》所记可证。假若真如他们对问题的解释，则“晚唐五代”说当然也就铁案如山难动摇。所以，不能不认真一辨。

尽管史岩先生认定将台山唐僧取经浮雕作于后晋天福七年，胡士莹先生也曾引用这一看法，该浮雕却未必是五代时的作品，而有可能是雕于明代中期。何以见得呢？

谢稚柳在《敦煌艺术叙录》中谈到西夏绘画时谓“其画派远宗唐法”，实际上也道出了五代以来佛教雕塑的普遍特点与弊端。“玄奘龛”龛内的二身供养女像，从面貌的丰肥和仪态的端丽上，可以看出它保持着晚唐风格的优良传统；从塑像的形相和精神所具有的人间味和真实感上，又可以看出它为五代所缺少而属于后世佛教塑像的特点。龛上以“唐僧取经”为内容的浮雕，那种巧妙的设计，史岩先生自己也认为“在近代民间雕刻中并不足为奇，但在五代的浮雕中，却不很多见”。两两相权，与其说它们是五代时作品，不如说它们是宋元以后的作品。此其一。

摩崖主龛弥陀龛坐东朝西，开凿在削平的石灰质大岩石壁面。“玄奘龛”在龛北方别一岩壁上，坐北朝南，成了弥陀大龛的耳龛。此等构筑可能与主龛同时，也可能为后世凿配。究竟属于哪种情况，还需有其他参照。要注意的是，“玄奘龛”的左侧下端，即靠近弥陀龛的一边，还有一个观音龛。龛内观世音菩萨坐像现已不存，只空剩一个莲座；二身半肉雕的小供养像，也已失去头部。龛外左侧，刻有题记一通，隐约可见是明代成化年间字样。察此题记，证以唐僧取经浮雕之表现方法的特点，则与其说“玄奘龛”是与弥陀龛同时代创凿，不如说“玄奘龛”是与观音龛同时代开筑。此其二。

没有任何其他资料可以证明两宋取经故事中已有猪八戒与沙和尚形象。将台山在杭州，张官人经史子文籍铺也在杭州，如果当时杭州地区有一种如浮雕所刻的唐僧师徒四众的取经故事，张官人经史子文籍铺弃故事复杂生动者不刻而刻故事简单乏味者如《取经诗话》以招徕顾客，似亦断无是理。此其三。

猪八戒与沙和尚形象在文学作品中最早是见于杨景贤《西游记》杂剧或《西游记平话》，这是公认的事实，今广东省博物馆藏有一个元代瓷枕，上面画着唐僧取经图。图中孙悟空手执金箍棒，英姿焕发，走在最前面，随后是猪八戒扛着九齿钉钯，身材魁伟，迈步跟随。唐僧骑马，沙僧举杖伞卫护。说唐僧取经浮雕与此是同一时代的产物，倒完全合乎逻辑。此其四。

还要知道，明人作假托古成风，“玄奘龛”即便是创凿于五代后晋年间，龛内的塑像即便真是玄奘法师而不是如地藏王菩萨之类，龛外上部的浮雕亦可能出于好事者的附会，其表现方法上的特点亦可资佐证。

正因为如此，所以我认为：**将台山唐僧取经浮雕不是五代时的作品，而是明代中期的作品，它晚于《西游记》杂剧和《西游记平话》，而早于《西游记》**。

尽管据欧阳修《于役志》所载北宋时还留存有周世宗以前的玄奘取经壁画，当前的文学史家们也莫不引用这一资料，但该壁画画的却未必是以“取经烦猴行者”为特定故事内容的唐僧取经，极有可能是直接取材于《大慈恩寺三藏法师传》。这可以从两方面看问题：

敦煌学告诉我们：佛教内容的壁画最讲“本本”主义，

其所画人物及情节皆可在有关的佛教书籍中找到根据。玄奘是唐代最杰出也是最有影响的高僧，《三藏法师传》记其“乘危远迈，杖策孤征”，不少场面是可歌可泣而又明晰如画的。将那“名王拜首，胜侣摩肩”的情景形诸壁画，这在方丈们看来，可以令人翘心净土，仰止佛法。正因为如此，所以便产生了扬州寿宁寺经藏院玄奘取经壁画，这是问题的一个方面。

问题还有另一个方面，“五代版图最大之国为后周，而后周世宗即位之次年(955)，禁民亲无侍养而为僧尼及私自度者，废天下佛寺三千三百三十六。是时中国乏钱，乃诏悉毁天下铜像以铸钱，尝曰：‘吾闻佛说以身世为妄，而以利人为急。使其真身尚在，苟利于世，犹欲割截，况此铜像，岂有所惜哉。’由是群臣皆不敢言。”（汤用彤《隋唐佛教史稿》第295页）足见，周世宗入扬州时以寿宁寺为行宫，并尽圬墁其画壁以抑佛，实事有必然。其所以独留“经藏院画玄奘取经一壁”，恐怕也就在于：画面上那“名王拜首，胜侣摩肩”的情景，这在一代英主周世宗看来，足以“扬我皇之盛烈，震彼后之权豪”，它是在“宣史”，而非“佞佛”。否则，岂有“一壁独存”之理！

要之，主张“大胆假设，小心求证”的胡适尚且说“不知此画的故事是不是神话化了的”，又怎可拿它来作为以“取经烦猴行者”为其标志的《取经诗话》的“最后写定时间不会晚于晚唐五代”的实证！

“予岂好辩哉，予不得已也。”

《西游记》非吴承恩所作

《西游记》的作者问题，实际上是个没有真正解决的问题。

明本《西游记》皆不言撰人，只题“华阳洞天主人校”，世本陈元之序，且以为不知何人所作。世人多归之于元初道士丘长春名下，盖由于丘长春尝西行，弟子李志常记其事为《长春真人西游记》二卷，世鲜传本，遂致人们郢书燕说。

清初刻《西游记》者，又取元人虞道园所作《长春真人西游记序》冠其首，世人遂益以为《西游记》为丘长春所撰。然至乾隆末年，钱大昕《潜研堂文集·跋长春真人西游记》，已谓《长春真人西游记》二卷“别自为书”，《西游记》乃明人所作。纪昀《阅微草堂笔记·如是我闻》，更因书中“祭赛国之锦衣卫”等“皆同明制”，而断定《西游记》“为明人依托无疑”。吴玉搢《山阳志遗》卷四、阮葵生《茶馀客话》卷二十一、丁晏《石亭记事续编》等，则据天启《淮安府志》进一步认为《西游记》之作者为吴承恩。但终清之世，却未能成为定论。

然而，丁晏等人的看法，却博得鲁迅《中国小说史略》和胡适《〈西游记〉考证》的认可，从而也就几成学界的共识，以致新中国成立以来出版的百回本《西游记》莫不赫然署着“吴承恩著”。

那么，这一看法能否作为定论呢？还是让我们看看鲁迅和胡适所据天启《淮安府志》的有关记载吧！其《艺文志·淮贤文目》云：“吴承恩《射阳集》四册□卷，《春秋列传序》，《西游记》。”其《人物志·近代文苑》云：“吴承恩性敏而多慧，博极群书，为诗文下笔立成，清雅流丽，有秦少游之风。复善谐剧，所著杂记几种，名震一时。”然而，最为重要的是：《西游记》名同实异者多多，又怎知《淮贤文目》所说之此《西游记》就是彼百回本之《西游记》呢？况且，黄虞稷《千顷堂书目》是将吴承恩《西游记》载于史部舆地类，当属游记性作品。所以，早在1933年，俞平伯便在他的《驳〈跋销释真空宝卷〉》中提出过不同的看法，只是未能引起什么反响而已。

直到《社会科学战线》1983年第4期发表了章培恒的《百回本〈西游记〉是否吴承恩所作》（今见百回本《西游记》皆属明万历二十年刻的世德堂本系统），1985年第1期发表了苏兴的《也谈百回本〈西游记〉是否吴承恩所作》，一言“非”，一言“是”，旗鼓相当，这才又引起人们对《西游记》著作权问题的重新思考。

我亦怀疑百回本《西游记》不是吴承恩所作。这里，仅谈一谈《吴承恩诗文集》(即《射阳先生存稿》，经刘修业校点改题此名，1958年由上海古典文学出版社印行)的思想和风格与百回本《西游记》殊不类，孙悟空断非吴承恩所期望的英雄问题。

《吴承恩诗文集》里没有一篇正面描写民生疾苦的作品，但一些篇章还是表露了作者对现实的清醒认识。一见于《贺学博未斋陶师膺奖序》，道是："匍匐拜下，仰而陈词，心悸貌严，瞬息万虑，吾见臣子之于太上也；而今施之长官矣。曲而跽，俯而趋，应声如霆，一语一偻，吾见士卒之于军帅也；而今行之缙绅矣。笑语相媚，妒异党同，避忌逢迎，恩爱尔汝，吾见婢妾之于闺门也；而今闻之丈夫矣。手谈眼语，诪张万端，蝇营鼠窥，射利如蜮，吾见驵侩之于市井也；而今布之学校矣。夫以一时所尚，今之君子皆以为宜。"一见于《二郎搜山图歌》，道是："我闻古圣开鸿濛，命官绝地天之通。轩辕铸镜禹铸鼎，四方民物俱昭融。后来群魔出孔窍，白昼搏人繁聚啸。终南进士老钟馗，空向宫闱啖虚耗。民灾翻出衣冠中，不为猿鹤为沙虫。坐观宋室用五鬼，不见虞廷诛四凶。"一见于《赠卫侯章君履任序》，道是："况乎行伍日凋，科役日增，机械日繁，奸诈之风日竞，其何以为之哉？"面对这种现实，吴承恩所提出的补救时弊的办法主要是三条。一见于《郡公松山孙公遗爱录画像赞》等篇，道是："士曰我师，民曰我父。清风穆如，尚友千古。"也就是要实行清官政治。一见于《春秋列传序》等篇，道是："天下之势犹水，礼教犹坊；坊诚设焉，虽奔流怒川莫之害也，坊决而滔天矣。"也就是要加强礼教统治。一见于《秦玺》等篇，道是："夫秦也，德耶，范耶，守耶？蔑仁义而重威刑，四海离矣；坏王制而焚诗书，黔首疑矣；礼乐不闻，而律令是训，二世不保矣。"也就是应实施以仁义治天下的方略。要之，照吴承恩看来，"精一执中，二帝传国之宝也；建中建极，三王传国之宝也"。只要当政者能以此二帝三王之宝为宝，"其守之也恒，其用之也信"，便可以"复三代之治"。我们知道，孟子主张王道政治的仁政，基本的措施是"制民之产"，使劳动人民有比较安定的经济生活。朱熹所谓的王道政治，以帝王的心术是否符合抽象的天理为标准；认为历史的演变表明，人们的道德品质愈来愈低，原因在于尧舜相传的十六字心诀没有为后来的帝王所接受，不能使人心服从道心。吴承恩却把"精一执中"等十六字心诀看作能否使"三代之盛"可复的关键，说明他的仁政观念是属于当时的钦定哲学程朱理学的思想范畴。如果这种仁政观念以幻想的形式表现出来，恐怕只能是世本《西游记》里所揶揄的以仁义相标榜的灵霄宝殿上的王道政治，而不能是世本《西游记》里所赞许的以"五谷丰登"为其主要特征的玉华国式的王道政治。此其一。

吴承恩所憧憬的政治既是被理想化了的唐虞三代的政治，吴承恩所景仰的政治家也同样是被理想化了的文、武、周公，以及“韬启神机，书传圣学”的姜子牙。吴承恩在他的诗文里还曾一再强调人才问题的重要。比如《二郎搜山图歌》云：“野夫有怀多感激，抚事临风三叹息。胸中磨损斩邪刀，欲起平之恨无力。救月有矢救日弓，世间岂谓无英雄？谁能为我致麟凤，长令万年保合清宁功。”又如，《秦玺》云：“故为天下者，不使秦斩然不见于世，不足以复三代；欲复三代之治者，必使秦斩然不见于世。呜呼！其必在豪杰之士也乎？其必在豪杰之士也乎？”再如，《寿师相存斋徐公六十序》云：“辅相之道，自唐虞三代之盛，其讲明授受大要，不过曰用人；而用人岂易言哉？”那么，吴承恩所赞许的人才，是什么样的人才呢？其立世也，“世变而趋，以圆为妙。我守吾方，众嘻其笑”（《吴承恩诗文集》第100页）；其立德也，“事严君则孝而笃，教家庭则端而肃。御群下则慈而庄，处姻亲则和而穆。设享会则勤而有礼，交神明则敬而不渎。待宾客则韦布等于簪绅，乐山林则轩裳寄于樵牧”（同上第93页）；其立功也，“保合灵长，上以寿国；氤氲熙皞，下以寿民。溯道脉，振儒风，鼓元气于域中，又以寿乎天下万世，以翊我圣天子久道化成之运，唐虞三代之盛，复见于今日矣”（同上第75页）。吴承恩的这种人才观，显然是属于程朱理学的思想体系，不带任何“异端”色彩。如果这种人才观念以幻想的形式表现出来，恐怕只能去颂扬世本《西游记》里所揶揄的具有“常心”的“常人”太白金星之流，而绝不会去赞许世本《西游记》里所歌颂的具有“童心”的“真人”孙悟空。此其二。

吴承恩不满世态，期望“三代之盛复见于今日”，并屡屡提出人才问题的重要，说明他是一位具有济世匡时之雄心的文人学士。吴承恩的一些诗文还可看作他的胸襟与品格的自我写照：“平生不肯受人怜，喜笑悲歌气傲然。小院朝扃烧药坐，高楼春醉戴花眠。黄金散尽轻浮海，白发无成巧算天。孤鹤野云浑不住，始知尘世有颠仙。”（《赠沙星士》）“风尘客里暗青袍，笔研微闲弄小舠。只用文章供一笑，不知山水是何曹。身贫原宪初非病，政拙阳城自有劳。会结吾庐沧海上，钓竿轻掣紫金鳌。”（《长兴作》）“碧月入帘深，红尘闭门远。独对一壶吟，因之识嵇阮。”（《移竹寺中得诗十首》其六）这种玩物傲世的态度，自然会使他“不谐于长官”。吴承恩写的序或障词之类，虽大多属于歌功颂德的作品，却鲜有献媚长官之态，而是洋溢着一种期望之情，期望其能“心为乎小民，而力抗夫强家”。《赠邑侯念吾高公擢南曹序》、《送郡伯古愚邵公擢山东宪副序》等便是如此。这不只反映了他文思的高尚，而且也反映了他理想的寄寓。然而，期望之情可以暗含对达官贵客们的讽喻，却不等于对封建统治者的批判；玩物傲世可以暗含对世态炎凉的蔑视，却不等于对世态人情的讽刺揶揄。一部《吴承恩诗文集》，除了那《二郎搜山图歌》与《秦玺》等三两篇以外，不见有正面反映民生疾苦的作品，不见有正面讥刺达官贵客的作品，不见有正面揶揄世态人情的作品，不见有正面抨击时政得失的作品，要是把作者为在淮阴当过这样那样官的人士写的这样那样的序连起来读，那倒会令人感到淮阴其地是个王道乐土，这不能不发人深省。嘉靖皇帝迷恋女色而笃信道教，筑明堂以耽享乐而终年不朝，其幻影如入世本《西游记》，当是个被孙悟空罚吃马尿之类的皇帝，可吴承恩却持歌颂态度，作《明堂赋》，说什么“维此明堂，帝始构兮。维帝之衷，天所授兮。维帝维天，一德咸姤兮。崇功伟烈，天子万寿兮”。赵文华是严嵩的义子与帮闲，官通政使，嘉靖三十四年，南下处理防倭事宜，与倭寇作战失败，反诈称大捷，祸国殃民，其形象如入世本《西游记》，只能是被孙悟空奋力棒打的恶魔，可吴承恩却甘愿为人捉刀作《平南颂》，赞之曰：“赫赫□公，公心为国。岂敢遑宁，主忧臣辱。”颂之曰：“并苞三德，式济孤忠。玄鉴无私，天孚赤诚。”誉之曰：“惟唐有度，宋则范韩。心也攸同，劳焉是班。”这更不能不发人深省。论其大原因，不外两条：一是，吴承恩虽生于买卖“采缕文縠”的小商人家庭，但其父廷器，却“性一无所好，独爱玩群籍，不问寒暑雨旸，日把一编坐户内。……自六经诸子百家，莫不流览。独《尚书》、左丘明《春秋》未尝一日置也。”（《吴承恩诗文集》第 107 页）吴承恩自幼所受的熏陶和教育，是正统的封建教育；其步入成年以后，又谈笑有鸿儒，往来无白丁，这就使他成为一名地道的儒学之士。一是，吴承恩虽因“屡困场屋”而“笑骂沓至”，但在郡守等达官贵客面前，却以其文名而常“承色笑之教，蒙国士之遇”（同上第 113 页），因而也就培植了他对当政者的幻想，并软化了他玩物傲世的傲骨。二者集中到一点，就是使他对现实虽有不满，却把“复三代之治”的希望完全寄托在地主阶级的正统派身上，完全寄托在大大小小的当政者身上。事实也是如此，《吴承恩诗文集》所浮现出的作者形象，便是个不带半点“异端”色彩的地道儒士形象。《二郎搜山图歌》是篇抒发诗人济世匡时之壮志与锄暴安良之雄心的杰作，但诗人所呼喊的英雄人物，却是那打得“猴老难延欲断魂，狐娘空洒娇啼血”的正统神祇清源公。这与世本《西游记》的诮儒谤僧毁道，颂赞具有叛逆风采的英雄孙悟空相比，又岂可同日而语哉！郭沫若先生曾经说过：“蔡文姬就是我。”这当然是就人物的精神状态的本质方面而言的。凡是作者所讴歌的主人公，莫不如是。然而，我们虽然把世本《西游记》里的孙悟空形象与《吴承恩诗文集》的作者自我形象反复作了对比，却怎么也看不出来“孙悟空就是吴承恩”。其所以然，就在于实在查勘不出吴承恩身上有孙悟空的叛逆精神。此其三。

吴承恩虽是个地地道道的儒士，却与其老前辈韩愈不尽相同。韩愈排斥佛教，吴承恩却信佛。这当是受唐宋以降三教混一思想影响的结果。吴承恩不仅信佛，还曾像一个虔诚的佛教徒作《钵池山劝缘偈》，帮助钵池山惠晓和秋月二比丘僧化缘修复景会禅寺。此偈长达七十二句，其结末十六句云："昔有童子戏，垒瓦成浮屠。善根之所成，后得无上果。何况舍钱帛，真实修佛庙。犹如种五谷，照种而收成。自佛行中国，于今数千年。若有半米错，一刻行不去。吾今告大众，愿汝信不疑。因信生喜欢，千界皆欢喜。"于此可见吴承恩信佛教之笃。如果吴承恩与《西游记》故事确实有什么瓜葛，那他所喜爱的孙悟空，恐怕也只能是如同《取经诗话》等作品里所写的那个一入佛门，便虔诚悔过自新的孙悟空，而绝不会是世本《西游记》里所写的这个虽经剃度，却依然在我佛如来与观音面前保持着当年"异端"风采的孙悟空。此其四。

吴承恩由市民的儿子，成为地地道道的儒士，还由于蒙受时代的制约。吴承恩早于李贽近三十年，当时的文坛正处于以李攀龙和王世贞为首的"后七子"复古运动的新高潮。"后七子"之一的徐中行，便是吴承恩的好朋友。二人情趣相投，往还唱和，酒酣论文论诗不倦。陈文烛《吴射阳先生存稿序》云："汝忠谓文自六经后，唯汉魏为近古；诗自《三百篇》后，唯唐人为近古。近时学者，徒谢朝华而不知畜多识，去陈言而不知漱芳润，即欲敷文陈诗，溢缥囊于无穷也难矣！徐先生与余深韪其言。”这里所说的“徐先生”，就是那徐中行。要把握吴承恩这段文论的精神实质，最好与另三段文论结合起来看。一见于《花草新编序》：“诗盛于唐，衰于晚叶。至夫词调，独妙绝无伦，宋虽名家，间犹未逮也。宋而下，亦未有过宋人者也。然近代流传，《草堂》大行，而《花间》不显，岂非宣情易感，而含思难谐者乎？”一见于《申鉴序》：“其辞雅，其论核，其情志不诡于圣人，而放乎道德性命。”一见于《明堂赋序》：“歌颂德业，儒臣事也。臣斋心述赋，以模写天地万一。”显然，吴承恩的文艺观虽较“前后七子”通达，但本质方面却如出一辙，而与李贽存在着根本性的不同。李贽认为文学是进化的：“诗何必古《选》，文何必先秦……古今至文，不可得而时势先后论也。”（李贽《焚书·童心说》）吴承恩认为文学是退化的，文是汉魏的好，诗是盛唐的好，两宋的词不如晚唐的词。李贽认为“天下之至文，未有不出于童心焉者也”。（同上）这是要把文艺创作方法建筑在个性心灵解放基础上。吴承恩认为天下之至文，“其情志不诡于圣人，而放乎道德性命”。这是要把文艺创作方法建筑在“代圣人立言”基础上。李贽认为：“古之贤圣，不愤则不作矣。不愤而作，譬如不寒而颤，不病而呻吟也。”（同上）实际上是要作者去揭露封建统治阶级的黑暗，对现实采取严峻的批判态度。吴承恩认为："歌颂德业，儒臣事也。"实际上是要作者去歌颂封建统治阶级的"光明"，对现实采取劝百讽一的态度；而事实上也是他在《留思录序》里把《诗经》里的"国风"都曲解为"歌颂德业"的作品。要之，李贽是反对"前后七子"的复古运动的，而吴承恩的文艺思想却与"前后七子"没有什么本质的不同。唯其如此，所以他的诗文创作虽无"前后七子"那种生模硬仿之病，却既不见有什么思想上的领异，又不见有什么形式上的标新，只是能得心应手地运用诗文诸体表述自己的儒士襟怀而已。前面已经说过，世本《西游记》是别开生面之作，它打破了传统的思想和写法，成为"建筑在个性心灵解放基础上"的"浪漫思潮"的"文学的典范代表"。这样一部堪与李贽《焚书》比思想光辉的文学巨著，它又怎会产生于复古运动席卷着文坛岁月，它又怎能出于一位受复古思潮严重影响的儒学之士笔端？实在令人难以索解。此其五。

说吴承恩诗文的思想和形式，都缺乏领异标新，并不等于否定其成就。吴承恩的文学主张虽倾向于"前后七子"，但诗文创作却比较接近于以归有光为代表的唐宋派。明人李维桢说他的诗文："独不类七子友，率自胸臆出之，而不染于色泽，舒徐不迫，而亦不至促弦而窘幅。人情物理，即之在耳目之前，而不必尽究其变。"（李维桢《射阳先生选集叙》)这是有眼光的。由于吴承恩能使“去陈言”与“漱芳润”并驾，所以前人说他的诗文：“缘情而绮丽，体物而浏亮，其词微而显，其旨博而深。”（陈文烛《吴射阳先生存稿序》)这并非过誉。由于吴承恩能将“谢朝华”与“畜多识”齐驱，所以前人说他的创作：“盖诗在唐与钱、刘、元、白相上下，而文在宋与庐陵、南丰相出。至于扭织四六若苏端明，小令新声若《花间》、《草堂》，调宫徵而理经纬，可讽可歌，是偏至之长技也。大要汝忠师心匠意，不傍人门户篱落，以钓一时声誉，故所就如此。”（《射阳先生选集叙》)或说：“《明堂》一赋，锵然金石。至于书记碑叙之文，虽不拟古何人，班孟坚、柳子厚之遗也；诗词虽不拟古何人，李太白、辛幼安之遗也。”（《吴射阳先生存稿序》)这虽然有失过誉，“师心匠意”或“不拟古何人”云云，亦未必正确，却也道出了吴承恩的诗文创作，实际高过于“前后七子”的地方是在于：上自汉魏盛唐，下至宋元诸家，靡不出入其间，师兼众长而不拘一格。唯其如此，所以在艺术风格上，有汉魏的古朴，有盛唐的豪放，有晚唐的清丽，也有元、白的平易。尽管未能熔铸变化，自为一家，但还是可以看出，幽默诙谐豪纵奔放的风格比较显著些。冒广生云：“汝忠文未脱明人习气，然在当时已称巨擘。”（冒广生《射阳先生文存跋》)实可称之为定评。然而，吴承恩的幽默诙谐豪纵奔放的艺术风格，却又与世本《西游记》的“跅弛滑稽”殊不类。吴承恩的幽默诙谐，主要表现为一种婉而多讽，这可以为儒家温柔敦厚的诗教所容纳。世本《西游记》的“跅弛滑稽”，主要表现为一种浪谑笑虐，这与儒家温柔敦厚的诗教却情同冰炭。如果说“风格”即人的话，那么，前一位是虽性喜谐谑，而合矩自然，不破其觚；后一位是既性喜谐谑，而又不循规矩，不遵礼度。这在当时，恐怕只能作如是解。此其六。

照我看来，明代的文人，不论其学识的深浅或地位的高低，皆曾自幼读过子曰诗云，并曾学过八股制艺。时代思潮虽有可能使某某成为“跅弛之士”，却鲜有可能使某某成为“滑稽之雄”。因此，世本《西游记》语言风格中的滑稽性是其祖本所固有的，而这种祖本可能是民间“佛陀”讲经时据以说惩恶劝善故事用的一种底本。这种民间“佛陀”讲经，直到建国前夕，在我的故乡江苏还很盛行。“佛陀”是世传的，也带弟子，实际上是种民间艺人。到人家作佛事，白天讲佛经故事，说说唱唱，还比较严肃些；夜晚讲惩恶劝善故事，说说唱唱，则令人笑口常开。因此，虽说是通常人家在作佛事，实际上是一种民间娱乐形式。祖本《西游记》语言风格的滑稽性，便是这种民间艺人师徒辗转相传讲说取经故事的结果。这倒不是我在瞎猜，世本《西游记》中的孙悟空形象具有《西游记》杂剧中的孙悟空形象无可比拟的滑稽美，足资旁证。其最后改定者，既承继了世本祖本这一语言风格而同时又赋予它以“跅弛”的精神，这种改定，就叫作“衔山抱水建来精”，当然是儒学之士吴承恩所万难做到的。此其七。

要特别注意的，是《二郎搜山图歌》的爱憎背向。不论是无名氏的《二郎神锁齐天大圣》杂剧，还是杨景贤的《西游记》杂剧，都是把大闹天宫的孙悟空作为“老猴精”来否定的，与此同时却以赞颂的笔触描写了二郎神的剿灭花果山。世本《西游记》则不然，它对孙悟空因不满天廷等级秩序而大闹天宫报以欣赏态度，并对花果山之被二郎神剿毁感到不胜惋惜。李在的《二郎搜山图》，便是取材于取经故事的这一情节。问题是，吴承恩对这一情节抱什么态度？最使他感到快意的却是：“猴老难延欲断魂，狐娘空洒娇啼血。”当前几部文学史几乎莫不以《二郎搜山图歌》作为吴承恩作世本《西游记》的硬证，岂不是南辕北辙！此其八。

还需特别注意的，是《禹鼎志序》问题。《禹鼎志序》云：“余幼年即好奇闻。……比长好益甚，闻益奇。迨于既壮，旁求曲致，几贮满胸中矣。”并说：“虽然吾书名为志怪，盖不专明鬼，时纪人间变异，亦微有鉴戒寓焉。”于是，时贤们便常常引来作为吴承恩著世本《西游记》的旁证。其实，旧时文人学士“好奇闻”者多多，苏东坡便雅爱听人说“鬼”。藉“志怪”以寓“鉴戒”，也早就成为唐前志怪小说的特点。值得我们注意的应是，吴承恩撰《禹鼎志》作《禹鼎志序》，可见《禹鼎志》的刻本必署其名并冠以此序。如果世本《西游记》为吴承恩所作，那么《禹鼎志》与之相比，则又显然不足称道。既然如此，刻本焉有不署其名与不冠以自序之理！然而，陈光之序说得明白：世德堂主人唐光禄购得的本子，却是无名氏作品。此其九。

再退一万步说，世本《西游记》就算为吴承恩所撰，那么，吴承恩又作于何时呢？阮葵生认为："射阳才士，此或其少年狡狯，游戏三昧，亦未可知。"（阮葵生《茶馀客话》卷二十一）然而，青少年时期的吴承恩正孜孜不倦于举业，吴廷器老先生也在望子成龙以改变他这个"卖采缕文縠"者的门楣。苏兴先生等认为书成于吴承恩壮年时期。然而，壮年时期的吴承恩著《禹鼎志》，尚且是"日与懒战，幸而胜焉，于是吾书始成"。怎么又突然心血来潮，奋而勤于撰写起百回大文来了呢？更何况此时此刻的吴承恩，又念念不忘于背水一战于场屋。刘大杰先生等文学史家认为书是吴承恩晚年时期所著，这倒有点像。吴国荣《射阳先生存稿跋》云：（汝忠辞官）"归田来，益以诗文自娱。十馀年，以寿终。"吴承恩辞官归田，已六十多岁，世事看得多了，必有感于怀，满可以写一部小说，且小说在当时又属于吴国荣所说的"益以诗文自娱"的"文"的范畴。然而，一位白发苍苍的儒士能写出这么一部浪谑笑虐以恣肆，堪称中国甚至世界儿童文学的永恒典范之作来吗？那么，有没有可能书成于吴承恩某一时期据某一祖本点石成金式的最后改定呢？一部《吴承恩诗文集》又在证明：他虽然具备这种文学天才，却不具备那种思想高度。此其十。

要是我们所列举的这十点，并不是臆测，还是比较符合实际，那么，世本或思想与之相同的旧本《西游记》，若果真为吴承恩所撰，当属天上人间奇迹中的奇迹了！

照我看来，世本《西游记》既由华阳洞天主人这位“好事者为之订校，秩其卷目梓之”（陈元之序）而成，则华阳洞天主人当然也就是世本《西游记》的最后改定者。归之以著作权，当无大错。华阳洞天主人为谁，可作进一步考证。质之方家，不知以为何如?

全书总论

《西游记》的创作本旨

《红楼梦》的命意问题，是个聚讼不休的问题。《西游记》又何尝不是如此呢？不妨让我们具体看看明清以来几种具有代表性的看法。

明人袁于令《西游记题词》，道是："说者以为寓五行生克之理，玄门修炼之道。余谓三教已括于一部，能读是书者于其变化横生之处引而伸之，何境不通？何道不洽？而必问玄机于玉匮，探禅蕴于龙藏，乃始有得于心也哉？"谢肇淛《五杂俎》卷十五则云："《西游》曼衍虚诞，而其纵横变化，以猿为心之神，以猪为意之驰，其始之放纵，上天下地，莫能禁制，而归于紧箍一咒，能使心猿驯伏，至死靡他，盖亦求放心之喻，非浪作也。"笑花主人《今古奇观序》亦推测说："《西游》、《西游洋》，逞臆于画鬼。无关风化，奚取连篇？"

清人尤侗《西游真诠序》认为："《西游记》者，殆《华严》之外篇也。……盖天下无治妖之法，惟有治心之法，心治则妖治。记西游者，传《华严》之心法也。”可刘廷玑《在园杂志》却认为：“《西游》为证道之书。……藉说金丹奥旨，以心猿意马为根本，而五众以配五行，平空结构，是一蜃楼海市耳。”张书绅《新说西游记总批》，则从而反驳说：“今《西游记》，是把《大学》诚意正心，克己明德之要，竭力备细，写了一尽，明显易见，确然可据，不过藉取经一事，以寓其意耳。亦何有于仙佛之事哉？”张含章《西游正旨后跋》遂调和之，倡言：“《西游》之大义，乃明示三教一源。故以《周易》作骨，以金丹作脉络，以瑜伽之教作无为妙相。”一语惊四座的还数黄人，其《小说小话》云：“房中术差近。”理由是：“请问金箍棒为何物？”

要之，明清两代诸家，皆各执一说，或看作求放心之喻，或看作瑜伽心法，或看作金丹采炼，或看作《大学》诠释，或以为阐三教一家之理，传性命双修之道。真是标奇立异，五花八门，仿佛妖怪肚子里都满藏三教哲理。

一反此等成说的是胡适，其《〈西游记〉考证》云：“《西游记》至多不过是一部很有趣味的滑稽小说，神话小说；他并没有什么微妙的意思，他至多不过有一点爱骂人的玩世主义。”（《胡适古典文学研究论集》第923页，上海古籍出版社1988年版）鲁迅则一则汲取了胡适的看法，一则又汲取了谢肇淛的看法，其《中国小说史略》云：“作者虽儒生，此书则实出于游戏”；“假欲勉求大旨，……盖亦求放心之喻。”

（《鲁迅全集》第九卷，第166页，人民文学出版社1981年版）

时贤们又另辟蹊径，用“阶级斗争的观点”，或从书中看到“农民革命战争的投影”，或从书中看到“新兴市民阶级的反封建要求”，或统称之为“反映并歌颂了劳动人民对统治者坚决反抗的精神”。其宏文佳制，亦可谓“删繁就简三秋树，领异标新二月花”。

确实，在中国古典小说中，论创作本旨之难求，莫过于《红楼梦》和《西游记》。其所以然，就在于它们文境悠邃，变幻纵横，意蕴富赡，都是复制了一个时代的世情小说。想用几句话去揭示他们的创作本旨，实在是难，难，难！

要弄清《西游记》的创作本旨，应先明确三个问题：一是，世本《西游记》署的是“华阳洞天主人校”，不是“吴承恩著”。没有华阳洞天主人的精心校饰，“秩其卷目梓之”，就没有今见百回本《西游记》。“华阳洞天”在茅山，苏轼《杨康公有石，状如醉道士，为赋此诗》记有茅君囚猴王于岩间的传说；世本《西游记》校者自号华阳洞天主人，显然是在以猴王在其掌握之中的茅君自比。二是，世本《西游记》写唐僧西行求法，事关“法轮回转，皇图永固”：象征着一项了不起的事业。而没有孙悟空，唐僧到不了西天，没有观音菩萨，孙悟空不能尽其器能。校者华阳洞天主人以茅君自比，这在作品的人物中也就成了以观音自比。三是，宋元取经故事演化为世本《西游记》，实际上已成为孙悟空的英雄传奇。这位美猴王，天性洁如白玉，胆气压乎群类，又炼就“与天同寿的真功果，不死长生的大法门”，可却成日天不拘兮地不羁，而不知礼仪法度为何物，一直发展到“因在凡间嫌地窄，立心端要住瑶天”！由此可见，如何对待孙悟空这一“妖仙”，便成为小说所要展示的核心问题，而华氏之意在藉神魔以写人间，求索治国安邦之道的创作本旨亦寓焉！

书中描写了玉皇大帝对美猴王的态度，那就是假仁义之名而实欲弥缝禁锢之。孙悟空“强坐水宅，索兵器”，又“大闹森罗，强销名号”；东海龙王敖广和地藏王菩萨表奏玉帝，玉帝依太白金星所奏：“念生化之慈恩，降一道招安圣旨，把他宣来上界，授他一个大小官职，与他籍名在箓，拘束此间；若受天命，后再升赏；若违天命，就此擒拿。”孙悟空当上弼马温，将天马养得肉肥膘满，但当他知道弼马温不入品，便打出南天门，回到花果山，树起“齐天大圣”旗；托塔天王并哪吒奉旨率天兵天将征剿，不期大败而归。玉帝又依太白金星所奏：“那妖猴只知出言，不知大小。欲加兵与他争斗，想一时不能收伏，反又劳师。不若万岁大舍恩慈，还降招安旨意，就教他做个齐天大圣；只是加他个空衔，有官无禄便了。”孙悟空当了齐天大圣，成日“无事闲游，结交天上众星宿，不论高低，俱称朋友”。玉帝恐其闲中生事，遂令这个自幼吃桃子长大的美猴王去管那蟠桃园。这简直就像让黄鼠狼看鸡，焉有不吃之理！正是玉帝的这种欺骗、轻贤、不会用人，将孙悟空推上了大闹天宫的道路。

书中又描写了太上老君对美猴王的态度，那就是想以八卦炉中的文武火焚而化之。孙悟空搅乱了“蟠桃大会”，偷吃了玉液琼浆；误入兜率宫，又“如吃炒豆相似”偷吃了李老君五壶“九转金丹”。二郎神在李老君的协助下，擒捉了孙悟空；玉帝命押至斩妖台，“将这厮碎剁其尸”。众天兵刀砍斧剁，雷打火烧，莫想伤及其身。李老君奏道：“不若与老道领去，入在八卦炉中，以文武火煅炼。炼出我的丹来，他身自为灰烬矣。”结果如何呢？炼了七七四十九天，一日开炉取丹，那钻在“巽宫”位下的美猴王看见光明，忍不住将身一纵，蹬倒八卦炉，往外就走；老君赶上抓一把，被他一摔，摔了个倒栽葱，脱身走了。这次不是回到花果山，是打上灵霄殿去夺玉皇大帝的龙位。那掉到西方路上的几块八卦炉上的砖，化为周围寸草不生的八百里火焰山。真是不仅没能降伏美猴王，反给黎元带来无穷灾难。

书中还描写了西天佛祖对美猴王的态度，那就是用“俺把你哄了”的办法将其压在五行山下。孙悟空打到灵霄殿外，玉帝忙请如来救驾。如来以打赌为名，激孙悟空跳入掌心，却将他一把抓住，指化五行山，轻轻地把他压住，山顶贴上“压帖”，书有“唵、嘛、呢、叭、咪、吽”六字

“真言”。并召一尊土地神祇，会同五方揭谛，居住此山监押，“但他饥时，与他铁丸子吃；渴时，与他溶化的铜汁饮”。要特别注意的是，这情节，这六字“真言”，是《西游记》杂剧里所没有的。《西游记》杂剧里是写观音从托塔天王与二郎神刀下救出，压在花果山下以待取经人。“唵、嘛、呢、叭、咪、吽”，是梵语莲花珠的译音。“我国明代民间把这句话说成‘俺把你哄了’，是当时对迷信佛教的讽刺。”（人民文学出版社版《西游记》第七回注）显然，这一情节的演化，最鲜明地反映了华阳洞天主人的创作个性。其意义则由严正而趋于滑稽，由教训而变为讽刺，明显地表露出一种对如来的不恭。

世本《西游记》如此将“五行山下定心猿”与“八卦炉中逃大圣”对举，作为孙悟空由“齐天大圣”步入“斗战胜佛”的转折点来写，这在两宋以来的取经故事中是别开生面的。它似乎还有另一层含义，那就是孟子说的：“天将降大任于是人也，必先苦其心志，劳其筋骨，饿其体肤，空乏其身，行拂乱其所为，所以动心忍性，曾益其所不能。”（《孟子·告子下》）因为，它写孙悟空被推入八卦炉中，“将身钻在‘巽宫’位下。巽乃风也，有风则无火。只是风搅得烟来，把一双眼炒红了，弄做个老害病眼，故唤作‘火眼金睛’”。可这双“火眼金睛”，却使妖魔难逃其形。它写孙悟空被压于五行山下，饥餐铁丸，渴饮铜汁，鬓边少发多青草，颔下无须有绿莎，度过寒暑五百年，终于“知悔了”，愿为“法轮回转，皇图永固”而一路荡妖灭怪保唐僧西天取经。凡此，这在时人看来，就叫历尽磨难，增加了本领，增长了见识。任何人都无法超越他的时代，华阳洞天主人的思想也是如此。能将玉帝、老君、如来视为“罪恶滔天，不可名状”的“妖猴”，看成“天将降大任于是人”的英豪，已使他不失为“跅弛滑稽之雄”，说明他赏识的是孕育于个性心灵解放思潮的所谓具有“童心”的“真人”。

论者认为《西游记》歌颂了孙悟空大闹天宫，甚至认为是把它作为农民起义来歌颂的，这恐怕为华氏始料所不及。实际上，华氏歌颂的是取经路上的孙悟空，而对大闹天宫的孙悟空只是欣赏；欣赏不等于完全肯定，而歌颂乃是最大的肯定。陈元之谓“旧序”有云：“魔以心生，亦以心摄。是故摄心以摄魔，摄魔以还理。还理以归之太初，即心无可摄。”看来，是符合华阳洞天主人思想的。所谓“摄心以摄魔”，就是：一方面要承认美猴王的“天不拘兮地不羁”的天性，另方面又不可任其自然而发展为反性。所谓“摄魔以还理”，就是：一方面应该检束美猴王的身心而以免其产生不轨行为，另方面又应该录之用之而使之能充分发挥其应发挥的作用，造福生灵，造福社稷。足见，提出的仍然是怎样对待孙悟空，方可确保西行求法的成功，从而使“法轮回转，皇图永固”的问题。那观音与孙悟空的关系，便是华氏对这一问题的回答；可却向来为研究者所忽略，而不知个中“有作者之心傲世之意”。

那么，作为世本《西游记》中取经队伍的实际组织者和领导者，观音又是怎样对待孙悟空的呢？

一曰：惜之用之。

《西游记》写“我佛造经传极乐，观音奉旨上长安”。路经流沙河，“指沙为姓”剃度了沙和尚，留作唐僧三弟子。沙和尚自云：“我不是妖邪，我是灵霄殿下侍銮舆的卷帘大将。只因在蟠桃会上，失手打碎了玻璃盏，玉帝把我打了八百，贬下界来，变得这般模样，又教七日一次，将飞剑来穿我胸胁百馀下方回，故此这般苦恼。没奈何，饥寒难忍，三二日间，出波涛寻个行人食用。”路经福陵山，“指身为姓”剃度了猪八戒，留作唐僧二弟子。猪八戒自云：“我不是野豕，亦不是老彘，我本是天河里天蓬元帅。只因带酒戏弄嫦娥，玉帝把我打了二千锤，贬下尘凡。一灵真性，竟来夺舍投胎，不期错了道路，投在个母猪胎里，变得这般模样。是我咬杀母猪，可死群彘，在此处占了山场，吃人度日。”路经鹰愁涧，营救了小白龙，留与唐僧做个脚力。小白龙自云：“我是西海龙王敖闰之子。因纵火烧了殿上明珠，我父王表奏天庭，告了忤逆。玉帝把我吊在空中，打了三百，不日遭诛。”路经五行山，观看帖子“唵、嘛、呢、叭、𠺗、吽”六字真言，“叹惜不已”，特留残步看望孙悟空。孙悟空道："如来哄了我，把我压在此山，五百馀年了，不能展挣。"并说，"我已知悔了。但愿大慈悲指条门路，情愿修行。"菩萨"闻得此言，满心欢喜"，遂为摩顶受戒，留作唐僧大弟子。

我们知道，《西游记》杂剧里的孙悟空并不是"灵根育孕源流出"的天产石猴，乃是吃人成性而又好色的"老猴精"。杂剧里的小白龙所以法当斩罪，并不是由于他"火烧了殿上明珠"而被其父表奏天庭"告了忤逆"，乃是由于他"行雨差迟"。杂剧里的猪八戒并不是由于"带酒戏弄嫦娥"而被"玉帝贬下尘凡"的"天蓬元帅"，乃自称是私自下凡的"摩利支天部下御车将军"。杂剧中的沙和尚所以被玉帝"贬下界来"，并不是由于他"在蟠桃会上失手打碎了玻璃盏"，而是由于他"带酒思凡"。况且，猪八戒与沙和尚成为唐僧弟子也与观音不相干。凡此，也大致反映了元代取经故事中唐僧四位弟子的来历，只除猪八戒是个伪冒的金色猪。

两相对照，杂剧《西游记》既歌颂了玉帝，又歌颂了观音；而小说《西游记》却无美不归观音，无恶不归玉帝。

那么，华阳洞天主人又为什么要如此独出机杼呢？孔孟讲"仁义"，如来讲"慈悲"；二者似乎同出一辙，其实不然。"仁义"是建筑在"天有十日，人有十等"基础上的。"慈悲"是建筑在"佛法平等，普度众生"基础上的。诗圣杜甫有句云："不过行俭德，盗贼本王臣。"无疑是道出了一个客观真理。不妨活剥一下："不过施佛法，妖魔本天神。""俭德"者何？仁义是也，反映了诗人对苛政的憎恶，对仁政的憧憬。"佛法"者何？平等是也，反映了华氏对森严的礼法乃至对封建宗法的思想和制度的不满。正因如此，所以《西游记》实际是"童心者自文"，是部建筑在个性心灵解放基础上的作品。

管仲从狱官手里被释放而提举出来，鲍叔由此而千百年来为人们传颂不已(《孟子·告子下》)。观音起用孙悟空于囚中，其胆识足可与鲍叔并驾。她对猪八戒、沙和尚、小白龙的起用，也做到了唯才是宜。凡此，莫不与玉帝"轻贤"和"不会用人"形成鲜明对照。华氏这么写，不是一般地抒发怀才不遇，其中包孕着一种朦胧的自由平等观念与封建礼法和等级秩序的对立。

二曰：束之诲之。

《西游记》里最具匠心的描写，莫过于孙悟空头上的"紧箍"。它也是作品中最难理解的问题之一，一般都认为作者对它是否定的。

饶有意味的是：《取经诗话》里的"隐形帽"，一变而为《西游记》杂剧里的"铁戒箍"，再变而为世德堂本《西游记》里的"紧箍"。"隐形帽"是猴行者用来帮助唐僧降伏妖魔的，而"铁戒箍"或"紧箍"却是观音用来帮助唐僧束缚孙悟空的。

《西游记》杂剧中写唐僧救了孙悟空，孙悟空却想吃唐僧："好个胖和尚，到前面吃得我一顿饱，依旧回花果山，那里来寻我？"观音见孙悟空"凡心不退"，便降落云端，说："通天大圣，你本是毁形灭性的；老僧救了你，今次休起凡心。我与你一个法名，是孙悟空。与你个铁戒箍，皂直裰，戒刀。铁戒箍戒你凡性，皂直裰遮你兽身，戒刀豁你之恩爱。好生跟师父去，便唤作孙行者，疾便取经，着你也求正果。玄奘，你近前来。这畜生凡心不退，但欲伤你，你念紧箍儿咒，他头上便紧，若不告饶，须臾之间，便刺死这厮。"显然，一戒其吃人，二戒其好色，这是观音给孙悟空戴上铁戒箍的目的，作者是颂扬的。

世本《西游记》里的孙悟空一不吃人，二不好色，是个"有仁有义的猴王"，那救苦救难的观世音菩萨又为什么要给他戴上个紧箍儿呢？

难道是由于他"秉性凶恶"，"全无一点慈悲好善之心"，一顿打死六个"剪径的大王"，还不受唐僧的教诲？恐怕不能这么说。孙悟空被戴上"紧箍"那天，确曾因此事与唐僧红过脸。三藏道："你纵有手段，只可退他去便了，怎么就都打死？"悟空道："我若不打死他，他却要打死你哩。"三藏道："我就死，也只是一身，你却杀了他六人，如何理说？"行者道："我老孙五百年前，据花果山称王为怪的时节，也不知打死多少人。”三藏道：“今既入了沙门，若是还像当时行凶，一味伤生，去不得西天，做不得和尚！”你想老孙可是受得闷气的？当下“按不下心头火发”道：“你既是这等，说我做不得和尚，上不得西天，不必恁般绪咶恶我，我回去便了！”撇下唐僧，一筋斗云，欲回花果山。这场争执，孙悟空固然有孙悟空的理，唐僧也是占了理的。观音曾这么说孙悟空：“唐三藏奉旨投西，一心要秉善为僧，绝不轻伤性命。似你有无量神通，何苦打死许多草寇！草寇虽是不良，到底是个人身，不该打死。比那妖禽怪兽、鬼魅精魔不同。那个打死，是你的功绩；这人身打死，还是你的不仁。但祛退散，自然救了你师父。据我公论，还是你的不善。”但，这只可以看作观音对孙悟空的除恶务尽思想的一种善意批评；如果把它看作观音给孙悟空戴上紧箍儿的原因，那就过犹不及了。观音还曾明确地告诫唐僧：“你今须是留悟空。一路上魔障未消，必得他保护你，才得到灵山，见佛取经。”如何“保护”？“炼魔降怪”！无论观音，还是如来，对孙悟空勇于斗争的特点，都是肯定的。最后“功成正果”，封之为“斗战胜佛”，便是明证。只有肉眼凡胎不辨人妖的唐僧，才认为“这泼猴，凶恶太甚，不是个取经之人”。

观音所以给孙悟空戴上紧箍，并不是由于他“凶恶太甚”，千钧棒无情，乃是由于他虽能任劳而却不能任怨，动辄想“重整仙山，复归古洞”。这一点，书中说得一清二楚。第十五回“蛇盘山诸神暗佑，鹰愁涧意马收缰”，写孙悟空不意戴上紧箍后气得七窍生烟，闻说“菩萨来也”，便“急纵云跳到空中”对观音大叫道：“你这个七佛之师，慈悲的教主！你怎么生方法儿害我！”菩萨道：“我把你这个大胆的马流，村愚的赤尻！我倒再三尽意，度得个取经人来，叮咛教他救你性命，你怎么不来谢我活命之恩，反来与我嚷闹？”行者道：“你弄得我好哩！你既放我出来，让我逍遥自在耍子便了；你前日在海上迎着我，伤了我几句，教我来尽心竭力，伏侍唐僧便罢了；你怎么送他一顶花帽，哄我戴在头上受苦？把这个箍子长在老孙头上，又教他念一卷什么《紧箍儿咒》，着那老和尚念了又念，教我这头上疼了又疼，这不是你害我也？”菩萨笑道：“你这猴子！你不遵教令，不受正果，若不如此拘系你，你又诳上欺天，知甚好歹！再似从前撞出祸来，有谁收管？——须是得这个魔头，你才肯入我瑜伽之门路哩！”彼此说得如此坦诚，哪像是“妖仙”在和菩萨说话，倒好像是两个朋友在争辩。从而也就告诉我们：束其好“逍遥自在耍子”的天性，一其心志去扫魔灭怪保唐僧求法西天，这是观音给孙悟空戴紧箍儿的主要目的。与《西游记》杂剧所写，那是不可同日而语的。

然而，令人难解的是，昔日观音奉旨上长安时，如来除了取出“锦襕袈裟”一领，“九环锡杖”一根，嘱咐菩萨

“与那取经人亲用”以外，又取出“三个箍儿”递与菩萨道：“此宝唤做‘紧箍儿’，虽是一样三个，但只是用各不同。我有‘金紧禁’的咒语三篇。假若路上撞见神通广大的妖魔，你须是劝他学好，**跟那取经人做个徒弟**。他若不伏使唤，可将此箍儿与他戴在头上，自然见肉生根。各依所用的咒语念一念，眼胀头痛，脑门皆裂，管教他入我门来。”观音后来将“锦襕袈裟”和“九环锡杖”给了唐僧，“紧箍儿”给了孙悟空，“禁箍儿”给了熊罴怪，“金箍儿”给了红孩儿；而熊罴怪和红孩儿却不是唐僧的徒弟，猪八戒与沙和尚是唐僧的徒弟反倒没给，二人又皆曾“血人为饮肝人食”。这是怎么回事呢？至少可作三种解释：

一是，世德堂本祖本作者的疏忽，华阳洞天主人改定时又没有注意。

二是，世德堂本祖本的作者为了突出三藏作为“圣僧”的地位，写观音按如来法旨与孙悟空、猪八戒、沙和尚三人各戴一戒箍，三藏由于会念“金紧禁”三咒而使他们不敢不伏使唤。华阳洞天主人为了突出孙悟空的地位，并为了增强唐僧师徒四众之间的喜剧性，改写了有关人物形象与人物关系，将禁箍儿与了熊罴怪，金箍儿与了红孩儿，却由于疏忽而没有对如来的法旨作相应的修改。其情况，犹如删净了花果山自在为王时期孙悟空好吃人肉的情节，却由于疏忽而没有对第二十七回“尸魔三戏唐三藏，圣僧恨逐美猴王”

中的一段话，即孙悟空对唐僧说："老孙在水帘洞里做妖魔时，若想人肉吃"云云作相应的改变(详见拙著《西游记考论》)。

三是，世德堂本这种将猪八戒、沙和尚之戒箍戴到熊罴怪、红孩儿头上，却又未对观音奉旨上长安时所领如来法旨作相应的修改，不是由于华阳洞天主人的疏忽，他是自知的，强意识的。其情况，犹如割断了西行路上的蛟魔王、鹏魔王、狮驼王、猕猴王、狨王等与孙悟空的结义关系，让他们大多和神佛结上了亲以写世态，却未对第三回"四海千山皆拱伏，九幽十类尽除名"等所写孙悟空在花果山"会了个七弟兄"，即"牛魔王、蛟魔王、鹏魔王、狮驼王、猕猴王、狨王"等作相应的修改，但又留下牛魔王与孙悟空的结义关系与此相呼应(同上)。其用意，显然是要写出观音上长安虽则是奉佛旨，但寻谁作取经人，用谁作弟子一路保驾，与谁戴上戒箍，却并非唯如来法旨是从，乃是凭慧眼与按实际需要。从而也就既突出了孙悟空的地位，又突出了观音菩萨的作用。

哪种解释为是呢？一则今见材料太少，二则未见高明论说，三则问题似小实大，笔者不敢强作解人。如果一定要我交份试卷，那我认为这三种解释的可能性是递增的。因为，后者最符合陈元之序中所说的"有作者之心傲世之意"。质之高明，不知以为何如？

一来由于唐僧不念“紧箍咒”则已，一念“紧箍咒”便变得对敌慈悲对友刁，致使孙悟空曾噙泪跪求观音：“万望菩萨，舍大慈悲，将《松箍儿咒》念念，褪下金箍，交还与你，放我仍往水帘洞逃生去罢！”二来由于孙悟空是华氏讴歌的英雄、心爱的主人公，他与华氏的是非观念总体上是一致的，所以研究者一般都认为华氏对观音给孙悟空戴紧箍儿，是否定的。我以为这是把复杂问题简单化了。要知道，熊罴怪戴上禁箍儿成了落伽山守山大神，红孩儿戴上金箍儿成了紫竹林善财童子；孙悟空对他们俱成正果是肯定的，而这一肯定显然反映了华氏对观音如何用“箍”的肯定。诚然，作品结尾，写孙悟空已封为“斗战胜佛”，其最后一句话是向唐僧说的：“师父，此时我已成佛，与你一般，莫成还戴金箍儿，你还念甚么《紧箍儿咒》掯勒我？趁早儿念个《松箍儿咒》，脱下来，打得粉碎，切莫叫那甚么菩萨再去捉弄他人。”想到头上的紧箍儿，还是那么忿忿不平。然而，此时已封为“旃檀功德佛”的唐僧又是怎么回答的呢？“当时只为你难管，故以此法制之。今已成佛，自然去矣。岂有还在你头上之理！你试摸摸看。”孙悟空“举手去摸一摸，果然无之。”三藏这一段话显然也是华氏的结论。由此可见，华阳洞天主人对观音与孙悟空戴紧箍儿是肯定的，否定的只是肉眼凡胎的唐僧乱念《紧箍儿咒》。

三曰：勉之助之。

具有大无畏精神的孙悟空，当他头戴紧箍儿认真踏上征程时也曾临事而惧，扯住菩萨不放道："我不去了！我不去了！西方路这等崎岖，保这个凡僧，几时得到？似这等多磨多折，老孙的性命也难全，如何成得甚么功果！我不去了！我不去了！"菩萨道："你当年未成人道，且肯尽心修悟；你今日脱了天灾，怎么倒生懒惰？我门中以寂灭成真，须是要信心正果；假若到了那伤身苦磨之处，我许你叫天天应，叫地地灵。十分再到那难脱之际，我也亲来救你。你过来，我再赠你一般本事。"菩萨将杨柳叶儿，摘下三个，放在行者的脑后，喝声"变!"即变作三根救命的毫毛，教他："若到那无济无主的时节，可以随机应变，救得你急苦之灾。"真是惠诲谆谆，是开导，也是承诺。行者"闻了这许多好言，才谢了大慈大悲的菩萨"。

作为取经人精神上的领袖和事实上的组织者，观音菩萨对孙悟空的这种开导和承诺，是非常必要的，也是非常及时的。它使孙悟空一路炼魔降怪增强了信心，也为唐僧西游的成功提供了必要的保证。孙悟空是聪明的，他接受了观音的教诲，并相信观音不会失信于人。唐僧的《紧箍儿咒》是观音传授的，但你几曾见过观音对孙悟空念过那玩意？华阳洞天主人令我们看到的是什么呢？黑风山、五庄观、枯松涧、通天河，若非观音亲临，唐僧师徒不能释厄；狮驼洞，若非那"三根救命毫毛"，孙悟空逃不出鹏魔王的"阴阳二气瓶”。如此劳心劳力护法取经者，甚至“未及梳妆”便纵上祥云赶去救难，这样的菩萨又怎能不使“有仁有义的猴王”感服而“至心朝礼”呢！

四曰：谅之容之。

有容德乃大，无欲志则刚。一用以说观音，一用以说孙悟空，我以为是合适的。无孙悟空，唐僧到不了西天；无观音菩萨，孙悟空不能尽其器能。“那猴头，专倚自强，那肯称赞别人？”反映为平生喜笑悲歌气傲然。这也见之于他对唐僧顶礼膜拜的观音菩萨的态度，尽管观音是他心目中最为可敬可亲的人。明明是他大胆，将“锦襕袈裟”卖弄，拿与小人看见，却又行凶，唤风纵火，烧了观音的留云下院；反而到落伽山紫竹林放刁，说：“我师父路遇你的禅院，你受了人间香火，容一个黑熊精在那里邻住，着他偷了我师父袈裟，屡次取讨不与，今特来问你要的。”甚至还诅咒观音，“该她一世无夫”；奚落如来，说他是“妖精的外甥”。这实在有点不恭，罪当入阿鼻地狱。可观音却谅之容之，纵然骂他“泼猴”，也充满着爱心。

孙悟空还好与观音菩萨说嘴，观音菩萨亦喜与猴王说笑：“悟空，我这瓶中甘露水浆，比那龙王的私雨不同：能灭那妖精的三昧。待要与你拿了去，你却拿不动；待要着善财龙女与你同去，你却又不是好心，专一只会骗人。你见我这龙女貌美，净瓶又是个宝物，你假若骗了去，却那有工夫又来寻你？你须是留些什么东西作当。”行者道：“可怜！菩萨这等多心。我弟子自秉沙门，一向不干那样事了。你教我留些当头，却将何物？我身上这件绵布直裰，还是你老人家赐的。这条虎皮裙子，能值几个铜钱？这根铁棒，早晚却要护身。但只是头上这个箍儿，是个金的，却又被你弄了个方法儿长在我头上，取不下来。你今要当头，情愿将此为当。你念个《松箍儿咒》，将此除去罢；不然，将何物为当？”这是观音起程降伏红孩儿时与孙悟空的言笑。它是灵霄殿上玉帝和仙卿间所不可能有的。写出了观音和孙悟空关系的融洽，也反映了华氏的人伦理想。

正如恩格斯所说：“主要人物是一定的阶级和倾向的代表，因而也是他们时代的一定思想的代表，他们的动机不是从琐碎的个人欲望中，而正是从他们所处的历史潮流中得来的。”（《马克思恩格斯选集》第四卷，第343—344页）世本《西游记》的主要特点，是寓庄于谐，藉神魔以写人间，在幻想中求索治国安邦之道。如果说，观音是笑花主人所欲看到的具有“常心”的“常人”（《今古奇观》序）的典型，即地主阶级开明派的代表人物，那么，孙悟空则是李贽所欲看到的具有“童心”的“真人”（李贽《焚书·童心说》）的典型，即新兴市民阶层的代表人物。二者代表着不同的历史发展方向，反映着华氏世界观矛盾着的两个侧面。这就是说：《西游记》中的孙悟空和观音实际都是“华阳洞天主人”幻想中的自我——当他呼唤“伯乐”，则幻想中出现了观音；当他寻找“千里马”，则幻想中出现了孙悟空。二者相辅相成，从中表现了他的价值观念和政治理想——期望孙悟空式的人才能遇观音式的人物获得起用，并通力合作，扫灭社会一切邪恶势力以造福生灵、造福社稷。把孙悟空说成“农民起义的英雄”，甚至将观音也推到孙悟空的对立面，以此去探求作品的创作本旨，窃以为只能是南辕北辙，因为这不符合作品的实际。

综上所述，则不难看出：《西游记》是部寓庄于谐、藉神魔以写人间百态的文学巨著。它所提出的核心问题，是究竟什么样的人才才是真正的治平人才以及如何对待这类人才问题。认为道学之中已几无治平之人，期望能有观音式的人物去发现并起用孙悟空式的人物，以扫荡社会邪恶势力，共建玉华国式的王道乐土，这便是作者的创作本旨。

那么，对作者的这一创作本旨，又该作何历史评价呢？

如果说，孙悟空是具有“童心”的“童人”中的英雄，亦即新兴市民阶层的智慧和力量的集中体现者和代表，那么，观音则是具有“常心”的“常人”中的哲人，亦即地主阶级正统派中有思想头脑和政治头脑的开明人士。一方面把“法轮回转，皇图永固”的希望，不是寄托在如唐僧式的具有“常心”的“常人”身上，而是寄托在如孙悟空式的具有“童心”的“真人”身上；另方面，却又对具有

第十四回·心猿归正 六贼无踪

“常心”的“常人”中的某些代表人物抱着幻想，并要求具有“童心”的“真人”须检束自己的身心以服从大局。一方面，在时代精神的呼召下，情不自禁地去为新兴市民阶层要求自由平等的思想意识作辩护，去为新兴市民阶层的社会力量争地盘；另方面，又在历史惰力的牵制下，不能自已地想把新兴市民阶层的思想意识和社会力量在总体上纳入封建宗法的思想和制度的轨道，甚至给孙悟空戴上紧箍儿以使其个性心灵的解放不越孟子仁政思想的雷池。凡此，也就反映了当时新兴市民阶层反封建的斗争性和妥协性。因此，也就形成了作品创作主旨的历史进步性和时代局限性。

《西游记》的艺术结构

世本《西游记》，实际上是孙悟空的英雄传奇。但作者所真正肯定的，却不是“因在凡间嫌地窄，立心端要住瑶天”的“齐天大圣”孙悟空，而是欲使“法轮回转，皇图永固”而荡妖灭怪的“斗战胜佛”孙悟空。他对作为“齐天大圣”的孙悟空只是欣赏，欣赏并不等于完全肯定；而对作为“斗战胜佛”的孙悟空却是颂扬，颂扬乃是最大的肯定。因此，写美猴王是如何由自号“齐天大圣”而获封“斗战胜佛”便成为作品的中心问题。由此，也就决定了小说艺术结构上的一些主要特点。

一、横云断岭式的三层构架

世本《西游记》的主体部分是“西行取经”，它是孙悟空成年时期的建功碑。“大闹天宫”是全书的序幕，它是孙悟空青少年时期的英雄传记。二者同属孙悟空的英雄传奇，而却犹如一座峻岭为横云所断，那横云便是“取经缘起”，它交代了唐僧西行求法的目的。这便是小说三大部分之间的关系。

问题是，所谓“横云断岭”，实意味着“岭”并没有“断”，个中的主人公应仍是孙悟空，只是没有露面而已。那么，作品又怎么实现这一艺术效果，从而使其三大部分成为一个有机的整体的呢？最见匠心的，当莫过于他对“取经缘起”部分的开头和结尾两回的艺术处理。

“取经缘起”作为断岭的横云，是以第八回为其开端的。该回的回目是：“我佛造经传极乐，观音奉旨上长安。”回中一则写玉帝立“安天大会”谢如来，以为孙悟空大闹天宫作结；二则写“我佛造经传极乐”，令观音赴长安寻找取经人，以为唐僧西行求法的因由；三则写观音于赴长安途中剃度了四个“妖魔”，或留与取经人为弟子或留与取经人作坐骑，以为孙悟空之再次登场的前奏。

不难看出，这第八回实际上是“楔子”，它具有“敷陈大义”、“隐括全文”的作用。其所以置于此，原因是：宋元取经故事是以弘扬佛法为旨归的宗教文学，所以据《朴通事谚解》可知，已佚《西游记平话》开卷第一回是写佛祖灵山说法，最后一回是写唐僧诸人证果西天宝莲座下听经文。世本《西游记》的祖本当亦如是，则“我佛造经传极乐，观音奉旨上长安”原本就是世本《西游记》祖本的第一回，具有“敷陈大义”、“隐括全文”的“楔子”作用，明矣！世本《西游记》已演化为孙悟空的个人英雄传奇，所以作者更动了传统的结构方式，把孙悟空“大闹天宫”提到全书的开端，并用了七回的篇幅将一个宗教故事改写为神话故事，又因元人杂剧有将“楔子”置于第一折之后并使之起过渡性作用的写法，所以世本《西游记》的作者便仿之以施墨，并对世本《西游记》祖本之第一回作相应改写如是，亦明矣！

“取经缘起”作为断岭的横云，是以第十二回为其结束的。该回的回目是：“玄奘秉诚建大会，观音显像化金蝉。”回中一则写观音显像对唐僧的“点度”。二则写唐僧帝前施礼道：“贫僧不才，愿效犬马之劳，与陛下求取真经，祈保我王江山永固。”三则洪福寺众僧闻之，不胜担心道：“师父呵，尝闻人言，西天路远，更多虎豹妖魔；只怕有去无回，难保身命。”四则写唐僧自己亦云：“大抵是受王恩宠，不得不尽忠以报国耳。我此去真是渺渺茫茫，吉凶难定。”这就提出一个极为严肃的问题：谁保唐僧西去，一路炼魔降妖，逢凶化吉，遇难呈祥，取得真经而归？

足胜此任者，竟不是别人，是那屡反天宫而在仙佛的联合围剿中被压在五行山下，却为观音菩萨慧眼所识而大胆起用的具有“童心”的“真人”孙悟空。

显而易见，“取经缘起”作为断岭的横云，这一起一结，一开一合，不只从情节和义脉上使小说的三大部分成为一个有机的整体，而且还突出了孙悟空在小说中的无可争议的主人公的地位。纵然在“取经缘起”部分也是如此，只不过是他正被压在五行山下经受磨难而已。

唯其如此，所以“大闹天宫”作为小说的序幕，它与主体故事“西天取经”虽为“取经缘起”所隔，却不仅似断实连，经衔络接，而且在表露作者的思想上，还具有掩映生辉，摇曳见态的作用。

比如，它藉“灵根育孕源流出，心性修持大道生”，把孙悟空写成一个活脱脱自然人的形象，藉以说明要求自由平等是人的天然本性，是合情合理的；但任其发展而不予以适当的制约，也会导致“因在凡间嫌地窄，立心端要住瑶天”的那种无法无天的田地。这与“西天取经”写孙悟空被头戴紧箍儿，不再高喊“皇帝轮流做，明年到我家”，却又并未泯灭当年的“老孙”派头，是遥相映照的。

又如，它写出：“凡有大才者，其可以小知处必寡，其瑕疵处必多，非真目睹者与之言必不信。”（李贽《焚书》卷二《寄答京友》）玉帝却不明此理：“弃置此等辈有才有胆有识之者而不录，又从而弥缝禁锢之，以为必乱天下，则虽欲不作贼，其势自不可尔。”（《焚书》卷四《因记往事》）这与写观世音“剃度”孙悟空，让其一路荡妖灭怪，保唐僧西行取得真经而归，是遥相对照的。

再如，它写出太白金星等一班“仙卿”只解打躬作揖，以“仁义”二字自欺欺人，不若“妖仙”孙悟空才识过人，胆气压乎群类；暗示真正能“致麟凤”者实不是玉帝两旁的“仙卿”，倒是抱有不平之恨的“妖仙”孙悟空。这就为“西天取经”将圣僧玄奘形象与孙悟空形象相映衬作了“隔年下种”。

还如，它写出花果山时期的孙悟空对天廷的态度是斗争中有妥协，其思想性格是机智而更勇敢。这又与“西天取经”写孙悟空对天廷的态度是妥协中有斗争，其思想性格是勇敢而更机智相关接。

最后，它还暗示，孙悟空被压在五行山下五百年，饥食铁丸，渴饮铜汁，鬓边少发多青草，颔下无须有绿莎，这正如同孟子所说的：“天将降大任于是人也，必先苦其心志，劳其筋骨，饿其体肤，空乏其身，行拂乱其所为，所以动心忍性，曾益其所不能。”（《孟子·告子下》）

凡此，既显出青少年时期的孙悟空与成年时期的孙悟空之思想性格发展的内在逻辑，又省却了许多笔墨，还于掩映处有力地鞭挞了玉帝的“轻贤”与“不会用人”。

一些研究者认为：“大闹天宫”的情节是“以现实中的农民起义、农民战争作为基础”，孙悟空是个“叛逆的英雄”；“西天取经”说的是“要完成一种伟大的事业，一定会遭遇到许许多多的困难”，孙悟空是个“善于战胜困难的豪杰”。两个故事具有“不同的主题”，孙悟空形象具有“不同的意义”（中国社会科学院文学研究所中国文学史编写组《中国文学史》第三册，第五章，第二节，人民文学出版社 1963 年版）。其实，如果从农民战争的角度去考察“大闹天宫”，那么，孙悟空就算不上是什么英雄，因为他不仅在闹乱天宫的过程中患得患失，两次接受玉帝的“招安”，而且还在取经路上出卖了自己的“结义兄弟”牛魔王。这些研究者所以作出上述结论，显然是由于既不愿放弃“农民起义”说，又不好说毛泽东所曾称颂过的“金猴”是可耻的叛徒或“革命性不强”。其结果，却把《西游记》的整体有机结构，错当成拆碎了的七宝楼台去鉴赏，去论说其创作本旨和艺术构思。

二、金线贯珠式的结构形态

世本《西游记》在情节的安排和展开的方式上也有其自己的特点，亦即由孙悟空的人生历程贯穿的短篇结成的有机长篇。

《西游记》的三大组成部分，即“大闹天宫”、“取经缘起”、“西天取经”，联起来既是一个有机的整体，分开来又都有相对的独立性。三大部分本身又由若干小故事所组成，其中每一个小故事也都有相对的独立性。“西天取经”作为全书的主体，它所包括的四十一个小故事更是如此。不论“白虎岭”、“火焰山”、“盘丝洞”，还是“黄风岭”、“平顶山”、“金崅洞”，或者“枯松岭”、“黑松林”、“狮驼山”，凡此等等，正如张书绅《西游记总批》所说：“一洞魔王，有一洞魔王的名号；一处山林，有一处山林的事件；则必一回有一回的旨趣。”这类故事完全可以当作优秀的短篇小说来鉴赏；而由于结构上经过作者的精心安排，百回大文又仍然是一个有机的整体。

世本《西游记》的这种艺术结构，与《儒林外史》不同。《儒林外史》的结构形态是纪传性的，而以“连环短篇”为其外在特征。《西游记》则是金线贯珠型的。“珠”就是相对独立的众多的短篇，“金线”就是孙悟空的人生历程。还是以“西天取经”部分来说吧，其中的每一个小故事，长则三四回，短则一二回，或写人间国度，或写黑山白水，或云国有妖孽，或曰山有恶魔，尽皆有起有讫，自成格局。它们所写的妖魔或人主虽各有自己的名号和性情，却莫不烘云托月般地映衬着孙悟空以及唐僧等取经人的思想性格。因此，犹如能工巧匠用金线把彩珠穿成了钗头凤，作者则以孙悟空保唐僧西行求法的战斗历程将四十一个相对独立的小故事缀合为一座小说主人公的建功碑。如果要给它取个名目，不妨称为“短篇组成的有机长篇”，颇类今天的所谓“电视系列剧”。

世本《西游记》其所以能将众多相对独立的小故事连缀成一个有机的整体，还由于作者善于前后关照。比如，作为孙悟空的英雄传奇，小说以“灵根育孕源流出”开篇而以主人公封斗战胜佛作结；作为藉取经故事以写世态人情的巨著，小说以“我佛造经传极乐”引出正文而以唐僧取得真经归东土作结。如果将“西天取经”故事比作一条江河，那么，踏上取经征程前的孙悟空故事和唐僧故事则是自然而然的汇成这条江河的两大支流。又如，写如来赐予观音三个箍儿，往东土去寻取经人，事在第八回；写观音将“紧箍儿”交给唐僧，制服了孙悟空，事在第十四回；写观音以“禁箍儿”收了黑风山的熊罴怪，事在第十七回；写观音以“金箍儿”收了枯松涧的红孩儿，事在第四十二回；写“紧箍儿”从孙悟空头上不翼而飞，是于孙悟空证果灵山之时，事在第一百回。这么一前后关照，也就使九十二回大书血脉贯通。再如，写孙悟空以不同的方法降伏四个具有亲属关系的妖魔，缚红孩儿事在第四十二回，胜如意真仙事在第五十三回，收牛魔王和铁扇公主事在第十一回。从而，也就使“枯涧洞”、“子母河”、“火焰山”等几大故事“连络有亲”。还如，第四十九回写癞头鼋驮唐僧师徒过通天河，第九十九回写唐僧师徒再次由癞头鼋驮渡通天河时构成八十一难中的最后一难。这一“前伏后应”，它不只是对五十回大书的关锁，也是对唐僧一生劫难的关锁。此外，写唐僧师徒的自我介绍身世，就更屡见于“西天取经”的各回，从而，也就使“大闹天宫”、“取经缘起”、“西天取经”三大部分浑然为一。凡此等等，这种使前后情节有应接而无矛盾，便愈益显出百回巨著作为整体是不可分割的。

世本《西游记》作为孙悟空的英雄传奇，藉神魔以写人间的文学巨著，理应浓墨以写的，莫过于孙悟空在保唐僧取经过程中是如何战胜种种困难。正因如此，所以愈是将取经路上所遇的每一“难”写得有头有尾，自成格局，就愈能折射人世诸相，愈能开拓与深化作品的主题，愈能使读者于幻想中感到真实，愈能满足读者的审美需求。显然，这也就是作者的匠心之所运及其采用这一艺术结构形式的根由。

然而，孙悟空虽是世本《西游记》的真正主人公，可他又是以唐僧为师父的取经小家族中的一员，因而以孙悟空保唐僧西行求法作为贯穿众多短篇故事的金线，实际上也就是以那时而和睦又时而不睦的取经小家族作为贯穿众多短篇故事的彩线，而且作者这么做，也是强意识的，用意是多方面的：

首先，作者以这么一个成员间时而不睦时而和谐的小家族作为取经故事的主干，一则可以作为一种以喜剧性的方法塑造唐僧师徒四众形象的手段，二则可以给作品造成一种令人忍俊不禁的美学意境而不致对情节的发展产生单调感，三则还可以由此而加强作品总体艺术结构的整体性与紧凑性。需知，像《西游记》这样的以短篇组成的长篇小说，作者若稍欠匠心，便不仅会使作品结构失于松散，而且会使情节流于单调，今以彩线亦金线的美学效应贯之，实令人不得不击节赞叹作者艺术构思的高明。

其次，这种以一个取经小家族作为情节发展的主干，它不仅没有减弱孙悟空在情节结构中的作用，反倒烘云托月式地托出了孙悟空是这个取经小家族中的中枢人物，其他成员如果没有他，便会遭难受苦，一事无成。这集中反映为：妖魔想吃唐僧肉，而唐僧总是把孙悟空棒打妖魔看作是行凶作恶。作者让取经人和妖魔之间的矛盾与取经人的内部矛盾平行发展，摇曳见态，不仅能使作品更好地反映出人间关系的丰富内容与现实人生的优美情致，而且能使读者更深切地感到孙悟空的一路降妖伏怪是在什么情况下进行的，又是多么不易，从而更好地突出孙悟空的战斗的精神力量与崇高的人格力量。

最后，狄德罗说得好："假使历史事件不够惊奇，诗人应该用异常的情节来把它加强；假使太过火了，他就应该用普通的情节去冲淡它。"（狄德罗《论戏剧艺术》，见《文艺理论译丛》1958 年第 1 期，第 127 页）如果说，世本《西游记》写孙悟空的一路荡妖灭怪，是对玄奘取经历史事实不够惊奇的一种极度加强，那么，作者把人与精魅之奇妙组合的唐僧师徒四众的关系予以宗法小家族化并以之作为小说主体部分的主干，则是对孙悟空一路降妖伏怪等极度惊奇的情节一种十分必要的冲淡。世本《西游记》所以能"使神魔皆有人情，精魅亦通世故"（《鲁迅全集》第九卷，第 165 页，人民文学出版社 1981 年版），其主要原因恐怕亦在于此。

三、情境结构的三段式格局

世本《西游记》虽是以短篇结成的长篇，却不给人以饾饤之感，还由于它有个一统全书的情境结构格局，那就是三段式的“神境——人境——神境”。

书中第一回至第七回，以及具有全书“楔子”作用的第八回，主要写“神境”。这是儒释道三教的统治层在天国的投影。它写出玉帝是宗法等级秩序的化身和最高执法者，其两旁的仙卿尽皆是些只解打躬作揖的道学之士，其属下的天兵天将亦只知以奉旨征讨为能，俱无个人的独立人格可言，以致见孙悟空“不知朝礼”，莫不“大惊失色”，连呼“该死”。它写出兜率宫里的太上老君，只知与炼丹服食相依为命，全不以普济苍生为念，是个拔一毛以利天下而不为的人，却与玉帝联络有亲，不是跑去“帮闲”，就是跑去“帮忙”，甚至将孙悟空关进他的八卦炉，想以文武火使之化为灰烬。它写出平素主张佛法平等、慈悲为怀的如来，却也与玉帝联络有亲，一见玉帝有难便赶忙跑去救驾，以欺骗的法子将打上灵霄殿的孙悟空镇压于五行山下。

书中第九回至九十七回，主要写“人境”。这是尘世所以成为“苦海”的写真。它写出这里有土生土长的妖魔，他们或以人肉为餐，或蛊惑国王祸国殃民，其中的神通广大者还会博得神佛的赏识而被收作部下。它写出这里还有比土生土长的妖魔凶恶十倍的天上下来的妖魔，他们可以成千成万吃人，却不会受到任何果报，一旦被主人知道收上天去，依然可在宝莲座下听经文。它还写出这里又经常蒙受神佛的严惩，天上下来的妖魔可以随意吃人和淫人妻女，佛祖只对他们讲慈悲，道祖只对他们讲仁慈，玉帝只对他们讲恕道，因为他们莫不与神佛有亲；要是凡夫俗子触犯了神灵，那是要遭受果报的，而且是“现世”，甚至对他们一罚就是让全郡三年不下雨！凡此，皆是为了写出孙悟空一路荡妖灭怪之不易，“专治人间灾害”之难能，以“惩恶”作为“劝善”的路线之可嘉。

书中的最后三回，又回复到以写“神境”为主。它一则藉佛祖如来之口，肯定了孙悟空一路棒打妖魔的正义性（因为孙悟空的以“惩恶”作为“劝善”的路线与释门“五戒”第一戒“不杀生”是背道而驰的，所以这是在为了打鬼而以如来作钟馗）。二则通过如来纵容阿傩和伽叶向取经人勒索“人事”，讥弹了所谓“我佛造经传极乐”却原来也是想以“经”换“金”，从而表露了作者对世态的揶揄和对佛教的不恭。三则与开卷之“神境”描写相对照，从中肯定了佛教关于众生平等、皆可成佛的教义，再次表露了作者对玉帝坚守的等级秩序的不满。四则如上所说，亦旨在藉孙悟空的加升为斗战胜佛，暗示“真经”即是孙悟空保唐僧取经过程，“灵山”就在孙悟空的金箍棒上，作者所列唐僧取得经目何以甚为荒唐，我以为答案亦即在此。

然而，尽管作者在对“神境”和“人境”的勾连上也比较注意纬线和伏脉的作用，比如写了不少形形色色的

"天上下来的妖魔";但是,世本《西游记》的总体艺术结构形态既是短篇结成的长篇,这就决定了他精心考虑的还不是如何设置伏脉,而是如何设置贯穿线。其匠心独运之一,就落在观音这一形象上。从思想意义上说,观音和孙悟空都是作者幻想中的自我:当他呼唤"千里马",则幻想中出现了孙悟空;当他呼唤"伯乐",则幻想中出现了观音。从叙事结构上说,观音和孙悟空一虚一实一暗一明相辅相成,形成了作品的情节贯穿线,这在取经部分的情境结构中尤其如此。孙悟空作为取经队伍中的一员,他的主要活动是在"人境",但又经常到天上查找妖怪的来历,这就使他成为勾连"人境"和"神境"的银梭。观音作为取经队伍的实际组织者和领导者,这已使她成为架于"神境"和"人境"的金桥;作为修行于落伽山的救苦救难菩萨,哪儿有孙悟空克服不了的困难,哪儿就出现了观音,这就又使她成为勾连"神境"和"人境"的金针。一个从"人境"勾连"神境",一个从"神境"勾连"人境",这就是作者对孙悟空和观音这两个形象在作品艺术结构中的相对分工。因此,二者有个契合点,那就是观音赠予孙悟空的"三根救命毫毛",说明观音虽身在落伽山,但取经队伍中却有她的身影。那金圣叹却不明此理,说什么"《水浒传》不说鬼神怪异之事,是他气力过人处。《西游记》每到弄不来时,便是南海观音救了"(《金圣叹全集》〔一〕第18页,江苏古籍出版社 1985 年版)。这不只反映了他对《水浒传》过于偏爱，也反映了他对《西游记》缺乏认真研究，可却从反面道出了观音形象在作品叙事结构中的情节贯穿线作用，显而易见，世本《西游记》中的这种“情境”，实际上就是当时的世态。难怪明人袁于令《西游记题词》云：“文不幻不文，幻不极不幻。是知天下极幻之事，极幻之理，乃极真之理。”

正因为世本《西游记》实质上是部以妖魔写人间求索治平之道的世情小说，所以在作品形象体系的内部构成上作者也就将之处理为三维模式。一维是为使“法轮回转，皇图永固”而西行求法的取经人；一维是为求长生不老而想吃唐僧肉并加害人间的妖魔；一维是既勉励取经人西行求法而又与妖魔联络有亲的神佛。三者之间的矛盾焦点是：孙悟空要保唐僧西天取经，妖魔要吃唐僧肉；神佛虽亦不满于妖魔的为非作歹而对孙悟空的降妖伏怪予以认可，但当孙悟空欲将妖魔一棒打死时神佛又为与己有亲的妖魔张开了保护伞。从而，也就告诉人们：“灵山”并不在西天佛国，“灵山”就在孙悟空的“心头”。这里，我们听到了作者深深的叹息。这里，我们看到了作者对现实的清醒认识。

世本杨本朱本的思想性质

明代嘉靖与万历时期，由于出现了资本主义萌芽，是酝酿着观念变化的历史时期。世德堂本《西游记》(以下简称世本)，是时代思潮的天骄，同类题材作品的翘楚。不仅《西游记》杂剧一类作品无以与它比高下，就是同时代的杨致和《西游记传》(以下简称杨本)与朱鼎臣《唐三藏西游释厄传》(以下简称朱本)，在它的面前亦只是泰山脚下的两座小丘。

世本、杨本、朱本皆是明代万历年间的刊本。因此，三者的版本源流嬗递关系如何，研究者历来看法不一。这里略而不论，只想对一个不为研究者注意的问题，也就是三者思想内容和思想性质方面的异同问题，作番考察。

要考察的第一个问题，是三个本子的作者各自想要在自己的作品中突出谁的形象问题。

三个本子的总体艺术结构形式是基本相同的。那就是：皆由三大部分所构成。顺序是：“大闹天宫”，“取经缘起”，“西天取经”。但，这只是躯体上的相同，灵魂却是两样的。

第六回·观音赴会问原因 小圣施威降大圣

第三十三回·外道迷真性 元神助本心

何以见得呢？可以从作者想要在作品中突出谁的形象问题上看出来。

世本共一百回："大闹天宫"，占七回；"取经缘起"，只占五回；"西天取经"，占八十八回。其中，孙悟空的名字在回目里凡四十六见，唐僧的名字在回目里只有二十一见。足见，作者在作品中一心想突出的是孙悟空形象。唯其如此，所以只要孙悟空一出场，作者便不惜笔墨。写"三调芭蕉扇"用了三回的篇幅，便是明证。

杨本共四十则："大闹天宫"，占七则；"取经缘起"，占五则；"西天取经"，占二十八则。其中，唐僧的名字在回目里凡十七见，孙悟空的名字在回目里只有九见。足见，作者在作品中一心想要突出的是唐僧形象。唯其如此，所以凡写孙悟空擒妖拿怪的情节，莫不惜墨如金。写"三调芭蕉扇"总共只用了一百四十五个字，便是证明。

朱本则共六十七则："大闹天宫"，占十六则。"取经缘起"，占达二十三则，其中，以一卷八则的篇幅，详写了"陈光蕊江流和尚"。"西天取经"，占二十八则，其中，唐僧的名字在回目中凡十四见，孙悟空的名字在回目中只十一见。凡此，作者在作品中一心想突出的形象究竟是谁，不是也洞若观火吗？唯其如此，所以凡写孙悟空降妖伏怪的情节，在惜墨如金上与杨致和堪称难兄难弟。写"三调芭蕉扇"竟然只用了一百三十八个字，便足资佐证。

由此可见，世本的作者认为：小说的真正主人公应该是孙悟空，而不是唐僧。杨致和与朱鼎臣认为：小说的真正主人公应该是唐僧，而不是孙悟空。孙悟空是具有叛逆思想的英雄，唐僧是亦僧亦儒的虔诚宗教徒，所以这种应以谁为作品主人公的分歧，实际上是反映了作者创作思想的不同。

要考察的第二个问题，是三个本子各如何写唐僧起程往西天时的心理问题。

世本于“取经缘起”之末和“西天取经”之始，曾两次描写唐僧起程时的心理。一次是，写唐僧自化生寺回洪福寺，众僧早闻取经之事，都来相见。“徒弟道：‘师父呵，尝闻人言，西天路远，更多虎豹妖魔；只怕有去无回，难保身命。’玄奘道：‘我已发了弘誓大愿，不取真经，永堕沉沦地狱。大抵是受王恩宠，不得不尽忠以报国耳。我此去真是渺渺茫茫，吉凶难定。’”一次是写唐僧离长安行至法门寺，寺内众僧于灯下议论上西天取经原由，皆云峻岭陡崖难度，毒魔恶怪难降。唐僧“以手指自心”答曰：“我弟子曾在化生寺对佛设下弘誓大愿，不由我不尽此心。这一去，定要到西天，见佛求经，使我们法轮回转，愿圣主皇图永固。”这种带有悲壮色彩的描写，是用意良深的。它一方面写出唐僧是为使“法轮回转，皇图永固”而矢志西天取经，另方面又写出唐僧因“西天路远，更多虎豹妖魔”而自感“渺渺茫茫，吉凶难定”。这就提出了一个决定取经事业成败的头等重要问题：谁保唐僧西去，一路炼魔降怪，取得真经而归？“那长老得性命全亏孙大圣，取真经只靠美猴精。”这就是对问题的回答。把“法轮回转，皇图永固”的希望，实际不是寄托在“忠心赤胆大阐法师”唐僧身上，而是寄托在具有“异端”思想的英雄孙悟空身上，作者的这种人才观在当时实在是不同凡响的，它像一条红线贯穿着全书并从而形成了作品的主题思想。正因如此，也就决定了作者要把孙悟空作为作品的主人公。

杨本与朱本写唐僧起程往西天时都没有这类心理描写。好像取经就是一切，目的是没有的。果真没有目的吗？有。“此经回上国，能超鬼出群。若有肯去者，求正果金身。”这就是！诚然，“此经回上国”云云，也见于世本。然而，那是作为观音的“颂子”而写的，并不等于作者的思想，作者的思想是体现在对唐僧起程西行时的两次心理描写上。杨本与朱本却只字不写唐僧起程西行时的心理，显然是旨在把观音的这一“颂子”作为唐僧西天取经的目的，藉以弘扬佛法或宣扬三教混一思想，而这也正是取经故事的传统主题。唯其如此，也就决定了作者要千方百计奉唐僧为作品的主人公。

由此可见，写不写唐僧起程往西天时的这种二重心理，是与作者创作意图紧密有关的大问题。世本一写再写，显然不仅由于要写出唐僧此时此刻的人之常情，而且由于要藉以衬出孙悟空是西天取经的中枢人物。杨本与朱本都只字不写，显然不仅由于唯恐有损唐僧作为“圣僧”的形象，而且由于只想把孙悟空写成唐僧取经的佐助人物。这便是问题的实质之所在。

要考察的第三个问题，是三个本子写西天取经时的孙悟空是否依然保存着当年的“老孙派头”亦即狂傲美问题。

不同于《西游记》杂剧一类作品把孙悟空的出身写成修炼成真的“老猴精”，把花果山时期的猕猴王写成既贪色而又好吃人的魔王，把孙悟空闹乱天宫的原因写成由于欲壑难填而恋物盗物触犯了天条。世本与杨本及朱本都把孙悟空的出身写成天地之灵秀所钟的“天产石猴”，都把花果山时期的美猴王写成活脱脱的“自然人”形象，都把孙悟空大闹天宫的原因写成由一种爱好自由平等的天性发展成与天廷封建等级秩序的冲突。无疑，这是孙悟空形象演变史上的一种长足进展。然而，却不能由此而认为三个本子的主题思想或思想倾向是一致的。三个本子的主题思想或思想倾向是否一致，关键是看它们所描写的西天取经时的孙悟空是否依然保存着当年的“老孙派头”，只是不再去喊“皇帝轮流做，明年到我家”而已。正是在这个根本性问题上，世本与杨本及朱本呈现出明显的不同。何以见得呢？还是让我们具体看一看三者所写孙悟空对主要神佛以及唐僧的态度吧！

孙悟空对玉皇大帝与太白金星的态度。世本第三十三回，写孙悟空与金角大王、银角大王大战平顶山，叫五方揭谛神速去奏上玉帝："妖魔那宝，吾欲诱他换之，万千拜上，将天借与老孙装闭半个时辰，以助成功。若道半声不肯，即上灵霄殿，动起刀兵！"杨本与朱本均作："行者却低头念咒，叫游神奏过玉帝，借天一装，助我收妖。"世本第五十一回，写孙悟空直至灵霄殿外，与四天师等说：金㟮山有个独角兕大王，"那厮的神通广大，把老孙的金箍棒抢去了，因此难缚魔王。疑是上界那个凶星思凡下界，又不知是那里降来的魔头，老孙因此来寻寻玉帝，问他个钳束不严"。杨本与朱本皆作："行者空手，只得走回，思忖无计，走上天廷借天兵来战，俱非魔王对手。"世本第七十四回，写孙悟空怪太白金星不露本相而变作山林野老，报说前面狮驼山"满山满谷都是妖魔"，便"走到身边，用手扯住，口口声声只叫他的小名道：'李长庚！李长庚！你好惫懒！'"杨本与朱本，都没有这一情节。要之，西天取经时的孙悟空，在杨本与朱本里从未一见他有唐突玉帝的神态；在世本里却看到他对玉帝还是当年的那种傲不为礼，最表客气也只是"朝上唱个大喏"，说声："老官儿，累你！累你！"自称呢？当然是："我老孙。"

孙悟空对太上老君等道教教主们的态度。世本第二十六回，写孙悟空为医活镇元大仙的人参果树而遍游三岛十洲，求一个起死回生之法。到蓬莱仙境，见福星和禄星在白云洞外下棋，寿星观局，便上前叫道："老弟们，作揖了。"到方丈仙山，迎面遇见东华大帝君，叫声“帝君，起手了”。到瀛洲海岛，见那丹崖珠树之下，“九老”在着棋饮酒，谈笑讴歌，笑道：“老兄弟们自在哩!”孙悟空这么称呼“九老”和“三星”，显然还是沿用了当年“名注齐天”时的称谓；但目下已成为一个“行者”，就未免有些“老大不知高低”了。杨本与朱本，都没有写这一情节，只写了孙悟空径去落伽山求观音行医。世本第三十五回，写孙悟空获宝伏邪魔，太上老君前来索宝。道是：“那两个怪：一个是我看金炉的童子，一个是我看银炉的童子。只因他偷了我的宝贝，走下界来，正无觅处，却是你今拿住，得了功绩。”悟空道：“你这老官儿，着实无礼。纵放家属为邪，该问个钤束不严的罪名。”老君再三解释，悟空方道：“既是你这等说，拿去罢。”杨本与朱本皆作：老君道：“今皆被你除去，可将宝贝还我。”行者道：“既是你老仙的，就付还你。”孙悟空不仅没有责备老君，而且对老君显得那么恭顺。世本第五十二回，写孙悟空获悉兕怪来踪，径至兜率宫查勘，勘得太上老君走了青牛，便再次责备老君道：“似你这老官，纵放怪物，抢夺伤人，该当何罪?”杨本与朱本，皆有孙悟空获悉兕怪的来迹而“星忙奔入老君宫中诉其事”的情节，却没有孙悟空责备老君“纵放怪物，抢夺伤人”的字眼。世本第四十四回，写唐僧师徒路经车迟国。国王“兴道灭僧”。孙悟空令猪八戒把三清观里的三清塑像一一扔入毛坑，让他们“今日里不免享些秽物，也做个受臭气的天尊”！杨本与朱本，虽然也写了车迟国王“宠爱道士，废灭僧人”，却无孙悟空令猪八戒将三清圣像送入“五谷轮回之所”的情节。要之，西天取经时的孙悟空对三清的态度，在杨本与朱本里言必称“老仙”，除了作小，便是恭顺；在世本里却开口闭口“老官儿”，除了责备，便是亵渎。倒是对寿星们似乎比较尊重些，亲热地称之为“老兄弟”。

孙悟空对如来佛等佛教教主们的态度。西天取经时的孙悟空，用寿星老儿的话来说，叫作“弃道从释”。孙悟空在如来佛等佛教教主们的面前，其态度神情总该驯顺些了吧？实际上，世本写孙悟空对如来和观音等的傲不为礼之处较之对玉帝和三清等用墨更多，也更醒目，时而表现为责备，时而表现为腹谤，时而表现为揶揄，时而又表现为奚落。这在书中是屡见不鲜的。第十四回，写唐僧告诉孙悟空，紧箍儿咒是适间一个老母传授的。“行者大怒道：‘不消讲了！这个老母，坐定是那个观世音！他怎么那等害我！等我上南海打他去！’”第十五回，写孙悟空正在涧边叫骂小白龙，忽闻揭谛报道“菩萨来也”，便急纵身入云，说观音：“你这个七佛之师，慈悲的教主！你怎么生方法儿害我！”“你怎么又把那有罪的孽龙，送在此处成精，教他吃了我师父的马匹？此又是纵放歹人为恶，太不善也！”第十七回，写黑风山熊罴怪窃去唐僧袈裟。孙悟空认为：“这桩事都是观音菩萨没理，他有这个禅院在此，受了这里人家香火，又容那妖精邻住。”并径至落伽山，与观音“讲三讲”：“我师父路遇你的禅院，你受了人间香火，容一个黑熊精在那里邻住，着他偷了我师父袈裟，屡次取讨不与，今特来问你要的！”第三十五回，写太上老君说他让两个看炉童子在平顶山为妖，实由于观音向他三次相借而故意在此设难。孙悟空闻知，心中作念道：“这菩萨也老大惫懒！当时解脱老孙，教保唐僧西去取经，我说路途艰涩难行，他曾许我到急难处亲来相救；如今反使精邪掯害，语言不的，该他一世无夫！”第三十六回，写唐僧师徒行经乌鸡国宝林寺，僧官不肯留宿。孙悟空径到大雄宝殿上，指着那三尊佛像道：“我老孙保领大唐圣僧往西天拜佛求取真经，今晚特来此处投宿，趁早与我报名！假若不留我等，就一顿棍打碎金身！”第三十九回，写乌鸡国王当年曾将文殊菩萨抛入御水池浸了三日，如来便令文殊菩萨的坐骑金毛狮子下凡将乌鸡国王推入琉璃井泡了三年。行者对文殊道：“你虽报了什么‘一饮一啄’的私仇，但那怪物不知害了多少人也。”第六十六回，写弥勒佛告诉孙悟空，黄眉老佛是他的黄眉童儿。悟空“高叫一声道：‘好个笑和尚！你走了这童儿，教他诳称佛祖，陷害老孙，未免有个家法不谨之过！’”第七十一回，写赛太岁正被孙悟空烧得走投无路，观音菩萨急急赶来救火降魔。说：“他是我跨的个金毛犼。因牧童盹睡，失于防守，这孽畜咬断铁索走来，却与朱紫国王消灾也。”悟空道：“菩萨反说了。他在这里欺君骗后，败俗伤风，与那国王生灾，却说是消灾，何也？”“菩萨既收他回海，再不可令他私降人间，贻害不浅！”第七十七回，写孙悟空屡遭鹏魔王等毒手，“自思自忖，以心问心道：‘这都是我佛如来坐在那极乐之境，没得事干，弄了那三藏之经！若果有心劝善，理当送上东土，却不是个万古流传？只是舍不得送去，却教我等来取，怎知道苦历千山，今朝到此丧命！——罢！罢！罢！老孙且驾个筋斗云，去见如来，备言前事。若肯把经与我送上东土，一则传扬善果，二则了我等心愿；若不肯与我，教他把《松箍儿咒》念念，退下这个箍子，交还与他，老孙归本洞，称王道寡，耍子儿去罢”。孙悟空径至灵山，如来闻言道：“你且休恨。那妖精我认得他。”悟空猛然失声道：“如来！我听见人讲说，那妖精与你有亲哩。”紧接着又问：“亲是父党？母党？”并且笑道：“如来，若这般比论，你还是妖精的外甥哩。”第九十八回，写唐僧师徒历尽艰难，到达灵山，拜过如来：“阿傩、伽叶引唐僧看遍经名，对唐僧道：‘圣僧东土到此，有些甚么人事送我们？快拿出来，好传经与你去。’三藏闻言道：‘弟子玄奘，来路迢遥，不曾备得。’二尊者笑道：‘好，好，好！白手传经继世，后人当饿死矣！’行者见他讲口扭捏，不肯传经，他忍不住叫噪道：‘师父，我们去告如来，教他自家来把经与老孙也。’”

直到第一百回，还写孙悟空对唐僧道："师父，此时我已成佛，与你一般，莫成还戴金箍儿，你还念甚么《紧箍儿咒》掯勒我？趁早儿念个《松箍儿咒》，脱下来，打得粉碎，切莫叫那什么菩萨再去捉弄他人。"其"异端"风采，犹不减当年！杨本与朱本呢？一言以蔽之，除了那"降伏小白龙"一节有孙悟空对观世音表露不满的言辞以外，其馀皆渺不见踪影。这就使孙悟空在如来和观音等佛教教主们面前，消失了他当年的"老孙派头"，变得唯唯诺诺，毕恭毕敬。比如，它们写孙悟空请观音收伏熊罴怪，皆作："须臾到了南海，径投竹林拜了。菩萨问曰：'你来何干？'行者道：'我师投院借宿，却被熊精偷了袈裟，屡取不还，因此来恳菩萨大发慈悲，助我拿妖，取衣西进。'"再如，它们写观音救金毛犼回南海，皆作："行者把他金铃摇动，烟火沙齐出，老妖无处躲逃。忽见观音菩萨来救，高叫：'悟空住手。'行者慌忙跪接，菩萨道：'此妖是我座下金毛犼，因看守神失职，走出为妖。我今喝转他原形，你将金铃挂在他项下。'言毕，妖见真形，菩萨带回南海。"还如，它们写孙悟空请如来收服鹏魔王，皆作："行者使一个缩身法子走脱，去西方拜见佛祖，详说师父被难。如来闻言，领文殊、普贤同至狮驼国收妖。"这里，孙悟空对观音的责备与告诫没有了，对如来的腹谤与奚落没有了，就连如来与鹏魔王的亲戚关系也不见了，特别是，观音在世本中是个"能容德乃大”的“人”，而在杨本和朱本中则是个“佛光萦身”的“神”。杨本和朱本与世本相应情节所含之思想意蕴，又岂可同日而语哉！

孙悟空对唐僧的态度。唐僧是“圣僧”，也是“高儒”；既是孙悟空等四众的佛门“师父”，又俨然是孙悟空等四众的宗法式“家长”。因此，孙悟空对唐僧的态度，实际上也从一个侧面反映了他对神佛的态度，反映了他对佛门教义与宗法式教条的态度。世本所写的唐僧，既具取经西天的笃志，又怀“扫地恐伤蝼蚁命”的诚心，也有封建家长式的偏执。前者固然使他与孙悟空有共同的目标，而后二者却又使他成为孙悟空扫魔灭怪的严重阻力。唐僧作为孙悟空的师父和救命恩人，孙悟空对他是忠心耿耿的，而且感情是那么深沉，以致“遭魔遇苦怀三藏，着难临危虑圣僧”。然而，唐僧作为被“慈悲”二字冬烘了头脑的“忠心赤胆大阐法师”与偏执而迂腐的宗法式家长，孙悟空在他面前却始终我行我素，一点也不买账，甚至因怒其不争而恨得牙痒痒的，对众神道：“我那师父，不听我劝解，就弄死他也不亏！”唐僧矢志西天取经，而妖魔却莫不想吃唐僧肉；孙悟空一心要荡魔灭妖，可唐僧却把孙悟空的棒打妖魔认作秉性凶恶。正是这种取经人和妖魔的矛盾与取经人的内部矛盾，二者平行发展与交汇，映衬出“那长老得性命全亏孙大圣，取真经只靠美猴精”，映衬出孙悟空的崇高的人格力量和战斗的精神力量，映衬出孙悟空的一如既往的“异端”风采的狂傲美。凡此，也就是世本对孙悟空与唐僧的关系及其思想蕴含的实际描写。杨本与朱本则不然。二者虽然也写了唐僧两次“放逐美猴王”，一次是由于孙悟空“三打白骨精”，一次是由于孙悟空“神狂诛草寇”，却没有把取经人的内部矛盾作为一条线索而使其贯穿西天取经过程。唐僧是变得不那么脓包形和愚氓样了，可孙悟空的“异端”风采却也随此而越来越黯然失色，人们看到的只是皈依佛门的美猴王在打不愿皈依佛门的妖魔或思凡下界的凶星而已！

由此可见，西天取经时的孙悟空，他对神佛和唐僧的态度，在杨本与朱本里，是克恭克顺求正果；在世本里，是喜笑悲歌气傲然。

问题是清楚的，杨本与朱本，旨在“阐三教一家之理，传性命双修之道”，所以作者总想提高亦僧亦儒的唐僧在作品中的地位和作用，尽力磨灭孙悟空身上的“异端”思想。世本虽然还不可能摆脱题材所固有的三教混一思想的影响，然而在其母体内部却已孕育着一种诮儒谤僧毁道的新的思想倾向，所以作者要把孙悟空作为决定西天取经成败的理想人才和当然主人公来歌颂，并使其始终保持着一种万变不离其宗的要求自由平等的天性。

问题同样是清楚的，如果杨本与朱本在前，那么，它们是继承了《西游记》杂剧与《西游记平话》一类作品所反映的社会思潮；世本所具有的思想新质，实乃作者所增。如果世本在前，那么，杨本与朱本之缺乏思想新质，实由于作者所删，他们下启谢肇淛与刘一明等辈以三教混一观念去研究《西游记》的社会思潮。不管哪种情况，世本与杨本及朱本，它们所代表的社会思潮，都是两股道上跑的车。不言而喻，这是就其质的规定性来说的，两种思潮之间当然不可能有什么缓冲地带，也不可能像泾渭那么分明。

要特别指出的是，世本这种把葆有要求自由平等之天性的孙悟空作为干大事成大业的理想人才来歌颂，而对太白金星和唐僧等封建正统派报以揶揄多于肯定的态度，这在中国文学史上是应该大书而特书的。因为，它打破了宋元以来人们把取经故事用作弘扬佛学或宣扬三教一理的传统文化心理与写法；它也打破了要求小说把“仁义礼智”写成“常心”，把圣贤豪杰写成“常人”，作为作品主人公以共成“风化之美”的传统审美观念与写法；它还打破了那种以自觉雌伏于宗法等级观念为贤能的东方式的传统文化心理结构与写法。尽管还仅仅只是一种开端，却是个了不起的开端。这当然由于作者不愧为当时文坛的闯将，然而作者其所以能做到这一点，显然又是由于蒙受两种社会思潮推动的结果。一是由于佛教禅宗的兴起和盛传，可以“呵佛骂祖”；二是由于资本主义萌芽的出现，要求个性解放已成为时代新音。这后一种思潮又尤为主要而富有生命力。李泽厚先生在他的

《美的历程》里，把《西游记》与《牡丹亭》并列，认为是“建筑在个性心灵解放基础上”的，以李贽为代表的“浪漫思潮”的“文学的典范代表”。这见解是很精辟的。世德堂本实际上是“童心者之自文”。它把美猴王写成“自然人”形象，直到成为斗战胜佛亦不失其天性，这在人性观上与《焚书·童心说》的思想是吻合的。它欣赏叛逆英雄齐天大圣，而对灵霄宝殿上的理学之士报以揶揄的态度，这在人才观上与《焚书·因记往事》的思想如出一辙。它真正歌颂的是成为斗战胜佛的孙悟空，而不是作为齐天大圣的孙悟空，那种崭新的人性观和人才观最后又屈服于传统的仁政观，与《焚书·忠义水浒传序》等的思想也是相通的。要之，甚至可以这么说，世本《西游记》的思想所达到的时代高度，可以和李卓吾的《焚书》相颉颃，是建筑在个性心灵解放基础上的两座丰碑。而最有意思者，是世本《西游记》之刊刻(1592)与《焚书》之刊刻(1591)仅差一年。

世本杨本朱本的源流关系

《西游记》版本源流问题，“五四”以来众说纷纭而又最值得作进一步研讨的，是世德堂本《西游记》、杨致和《西游记传》、朱鼎臣《唐三藏西游释厄传》三个版本之间的关系问题。主要有如下几种说法：“杨本——世本”说（鲁迅《中国小说史略》）；“世本——杨本”说（胡适《跋〈四游记〉本的〈西游记传〉》）；“世本——朱本——杨本”说（孙楷第《日本东京所见小说书目》）；“朱本——杨本——世本”说（柳存仁《跋唐三藏西游释厄传》）；“世本——杨本——朱本”说（杜德桥〔G. Dubridge〕《百回本西游记及其早期版本》）；“杨本（古本）——朱本（吴本初稿本和杨本的捏合本）——世本（吴本定本）”说（陈新《重评朱鼎臣〈唐三藏西游释厄传〉的地位和价值》）。

照我看来，诸家在研究方法上有个共同失误，那就是：没有将宋元取经故事和世本杨本朱本作为一个取经故事的家族来研究，从而找出一个可靠的参照物。以致都愿或确在

"跟着材料走"，可一方以"文词荒率，仅能成书"，说杨本是世本的祖本，另一方却以同样的理由，说杨本是一妄人硬删世本缩成的节本；一方以回目和文字雷同，说朱本先于杨本，另一方却以同样的例证作反证，说杨本先于朱本。

一、世本祖本探迹

世本是经"好事者"对其祖本"订校，秩其卷目梓之"（陈元之序。按旧时校订小说，是可以凭己意修改的）而成的，所以在情节结构上虽则比较严密，却非无缝天衣。其罅漏处，变迁之迹见焉：

比如，世本曾一再写到花果山时期的孙悟空与牛魔王等结拜为七兄弟，其他五个兄弟为蛟魔王、鹏魔王、狮驼王、猕猴王、狨王。令人奇怪的是：与孙悟空结为"七兄弟"的其他六个魔王，后来虽一一出现于取经路上成为唐僧的灾星，并且孙悟空斗六耳猕猴与过狮驼岭和过狮驼国战狮驼王和鹏魔王等还与"三调芭蕉扇"一样同属作品泼墨以写的精彩情节，然而在人物关系上却只有牛魔王与孙悟空有旧而其他五个魔王则多半与神佛有亲。正确的解释，我以为只能是：祖本"西天取经"部分写孙悟空一路荡妖灭怪，保唐僧西行，主要灭的是当年的六位结拜兄弟，旨在"阐三教一家之理，传性命双修之道"，肯定孙悟空的勇于改邪归正，"不讲老故人"。世本中的这种人物关系是出于改定者的妙手改定，他一面毅然割断了孙悟空与鹏魔王等原来的关

第三回 · 四海千山皆拱伏 九幽十类尽除名

系，一面以神来之笔使他们大多与神佛有亲带故，旨在讽刺揶揄世态，称颂孙悟空勇于战斗的精神力量和人格力量。相比之下，足以看出世本祖本中的孙悟空当是个黄天霸式的人物。

又如，世本中花果山时期的孙悟空，是个具天地钟灵毓秀之德的大英雄。自从“由道入释”，从未对师父“拉泡”撒谎。然而，第二十七回，却写他对唐僧道：“老孙在水帘洞里做妖魔时，若想人肉吃，便是这等：或变金银，或变庄台，或变醉人，或变女色。有那等痴心的，爱上我，我就迷他到洞里，尽意随心，或蒸或煮受用；吃不了，还要晒干了防天阴哩！”其对观音，更是亲而敬之。可书中却偏又有这么一个情节：第四十二回，写观音说他好色，“待要着善财龙女与你同去，你却又不是好心，专一只会骗人”，他解辩道：“可怜！菩萨这等多心。我弟子自秉沙门，一向不干那样事了。”这是怎么回事呢？正确的回答，恐怕只能是：《西游记》杂剧和《西游记平话》中的孙悟空本是个既好色而又爱吃人的“老猴精”，所以在事之承袭上，世本祖本犹未摆脱故套，致在世本中尚见这类残痕。

又如，世本无玄奘小传，是颇令人奇怪的。因为所谓“西游”，当然是指玄奘西行取经，书中玄奘的四个弟子皆有小传，而唯玄奘独无，只有一篇“词话”叙其身世崖略，这既不合体例，又不合情理。那么，是否其祖本就是如此呢？答案当是否定的。铁证是：第九十三回写唐僧叹道：“我想着我俗家先母也是打绣球遇旧姻缘，结了夫妇。此处亦有此等风俗。”这“打绣球遇旧姻缘”之说为上述“词话”所无，可见世本祖本当有较长的“陈光蕊江流儿”故事。世本删之而代之以一篇“词话”，当由于改定者为了突出孙悟空主人公的地位而不惜矫枉过正。

再如，《朴通事谚解》注引《西游记平话》，言及沙和尚与猪八戒时，道是“沙和尚及黑猪精朱八戒”；证之以《西游记》杂剧也是写唐僧先收沙和尚，后收猪八戒，则知元人取经故事中沙和尚是唐僧的二弟子，猪八戒是老三。世本《西游记》虽将猪八戒与沙和尚的座次作了颠倒，却并未改变其实际地位。“三人出外，小的儿苦”：书中一路摩肩挑担的是猪八戒，而不是沙和尚，一也；孙悟空是开路先锋，沙和尚是唐僧的贴身侍卫，而猪八戒需两头帮忙却不得个好，二也；证果西天时，沙和尚封金身罗汉，猪八戒封净坛使者，果位又在沙和尚之下，三也。则世本祖本中的唐僧，其弟子的序列当亦依次为孙悟空、沙和尚、猪八戒，明矣。

还如，世本中的唐僧三个弟子，只有孙悟空是头戴“紧箍儿”的。可第八回“观音奉旨上长安”，却是这么写如来与观音说的：“此宝唤做‘紧箍儿’；虽是一样三个，但只是用处不同。我有‘金紧禁’的咒语三篇。假若路上撞见神通广大的妖魔，你须是劝他学好，跟那取经人做个徒弟。他若不伏使唤，可将此箍儿与他戴在头上，自见肉生根。各依所用的咒语念一念，眼胀头痛，脑门皆裂，管教他入我门来。”以理而论，观音不能有违如来的法旨，这三个箍儿只能给此去长安路上撞见的“神通广大的妖魔”戴，让他们“跟那取经人做个徒弟”。以事而论，观音在东去长安路上撞见的猪八戒与沙和尚，都是“血人为饮肝人食”的“神通广大的妖魔”，而且皆接受了观音的“剃度”而成为唐僧的徒弟。所以，我怀疑在世本祖本中，不只孙悟空头上有箍，猪八戒与沙和尚头上也有箍；玄奘作为圣僧就是以念“各依所用的咒语”来让这三个精怪弟子保自己取经西天的，这也符合一般宗教心理。世本没让观音唯如来法旨是从，而让观音分别将禁箍和金箍戴在并非唐僧弟子的熊罴怪和红孩儿头上，盖由于其改定者乃“跅弛滑稽之雄”，而对如来不恭之意亦寓焉！

要之，当我们对世本其事之承袭及义之变迁作了番粗略考证之后，其祖本的大致轮廓也就勾勒出来了：一是，花果山时期的孙悟空是个既好色而又吃人的“老猴精”，不是个品性洁如白玉的“天产石猴”；二是，西行路上的孙悟空一路荡妖灭怪，主要灭的是牛魔王等他当年六个结拜兄弟，是个黄天霸式的人物；三是，有玄奘小传“陈光蕊江流儿”，而且可能至少占了一回篇幅；四是，唐僧的二弟子为沙和尚，三弟子是猪八戒；五是，沙和尚与猪八戒的头上可能也戴着箍，作为圣僧的玄奘就是靠咒语来使他们与孙悟空一样不敢怀有二心的。

如果我们的这些看法还有一定的道理，那它将可用作判断世本、杨本、朱本三个本子孰先孰后问题的最好参照物。直白地说：如果杨本和朱本是世本的祖本，那它们至少当具备其中的某些特点。

更值得注意的是，世本中的诗词几可与《金瓶梅词话》并驾，且人物语言亦屡见“顺口溜”，这当是其祖本为词话本的遗踪。这里姑且不将其列为世本、杨本、朱本孰先孰后的参照物，以免引起过多的争议，但我以为切切不可忽略了这一点。

二、杨本是世本的删节缩写本

世本的结构虽比较严密，却有上述的罅漏，而这些罅漏，除了一处以外（如来给观音三个箍儿之事，与世本同），皆不见于“文词荒率，仅能成书”的杨本，这是最值得注意的现象，因为世本的这类罅漏正是其祖本的遗踪之所在。兹举为世本所有而皆不见于杨本的数处中的一处以察其原因：

世本第三回“四海千山皆拱伏，九幽十类尽除名”，“闹龙宫”和“闹地府”之间有个插曲，写孙悟空设坛封将，操练猴子猴孙，又遨游四海，行乐千山，遍访英豪。“会了个七弟兄”云云，便见于这一插曲。杨本卷一“猴王勒宝勾簿”虽是与该回对应的一则，却无这一插曲，而以“闹地府”紧承“闹龙宫”，当然也就无孙悟空曾与牛魔王等六魔头义结金兰一说，其后各则亦然。因而，杨本写孙悟空的西行灭怪，打的竟没有一个是他当年的“把兄弟”。凡此，就只能以杨本是世本的节本作解释。

正因如此，所以上述世本祖本应具的几大特点在杨本中也就杳如黄鹤。

然而，世本中的上述罅漏虽鲜见于杨本，而杨本中的其他罅漏却不一而足，且类型有四：一曰有头无尾，二曰无头有尾，三曰首尾不一，四曰张冠李戴。兹信手拈个无头有尾的例子，以省篇幅，以观究竟：

杨本卷二“观音收伏黑妖”，写：三藏夜宿观音院，一领锦襕袈裟被盗；孙悟空屡战窃贼黑风山怪不下，便径投南海拜观音，菩萨问曰：“你来何干？”孙悟空道：“师父投院借宿，却被熊精偷了袈裟，屡取不还，因此来恳菩萨大发慈悲，助我拿妖，取衣西进。”真是眼睛一眨，老母鸡变鸭。因为，直至孙悟空投紫竹林时，书中一会儿称此妖为“黑大王”，一会儿称此妖为“一个黑汉”，孙悟空纵有火眼金睛又何以知道他是个“熊精”？而这在世本中是早有交代的，其第十七回“孙行者大闹黑风山，观世音收伏熊罴怪”，写：孙悟空打死送请帖的小妖，打开请帖，帖上赫然写着：“侍生熊罴顿首拜，启上大阐金池老上人丹房。”因而孙悟空告诉唐僧说："你看那帖儿上写着'侍生熊罴'，此物必定是个黑熊成精。"杨本这种无头有尾，不成文理，若用以作为它是世本之节本的"铁证"，我以为未必属过甚之辞。

道理很简单，但凡渊源有自的作品，其罅漏处往往留有其祖本的遗踪，深浅而已。因为杨本是世本的节本，所以世本中留有其祖本遗踪的罅漏虽大多被其节去，而在作品中却出现了种种留有世本遗踪的罅漏，实事有必然，庸手尤其如此。

那么，杨本的祖本会不会是个与世本同源而异流的本子呢？答案当是否定的。这有世本和杨本文字的雷同可证。其类型亦有四：一是世本和杨本成段或成句的文字基本相同；二是杨本的文字就包涵在世本的文字内；三是杨本一些韵词语也见于世本对应的文字中；四是一些韵文互见于世本和杨本，虽有个别诗句的不同。兹举一斑，以窥全豹：

> 菩萨道："不遵佛法，不敬三宝，定要卖他七千两；若敬重三宝，见善随喜，我将袈裟、锡杖，情愿送他，结个善缘。"萧瑀知他是个好人，即下马以礼相见。（杨本卷二"唐三藏起程往西天"）

> 菩萨道："不遵佛法，不敬三宝，强买袈裟、锡杖，定要卖他七千两，这便是要钱；若敬重三宝，见善

随喜，皈依我佛，承受得起，我将袈裟、锡杖，情愿送他，与我结个善缘，这便是不要钱。”萧瑀闻言，倍添春色，知他是个好人。即便下马，与菩萨以礼相见。（世本第十二回“玄奘秉诚建大会，观音显像化金蝉”）

这里，杨本的文字与我们加重点号的世本的文字是完全相同的，亦即上面所说的“杨本的文字就包涵在世本的文字内”。这现象说明：杨本的确是世本的节本，否则等于说世本的重要创作经验之一是答对了杨本中的文字填空题。这现象还说明：杨本的祖本只能是世本，而不可能是其他与世本同源而异流的本子。

然而，杨本对世本却不是简单的删节，而是删节缩写。这有它前后不一的怪异体制可证：

杨本的故事崖略与世本基本相同，而文字则不到世本的十分之一。其最醒目的特异之处，是在于它平话式的古拙不偶的单句回目，纵然在文字上，与世本的回目也毫无雷同之点。中国文学史告诉我们：一般地说，平话或类似平话的宋元诗话的体制，其一则中有写一个故事的，也有写两个故事的；假若是写两个故事，则一个乃是“分解”上回的，一个乃是留待下回“解”的，二者的关系或属主宾或存对照或为因果，互不相关的情况是罕见的；回目便是对中心故事的点睛，回后诗乃是对该回内容的概括或说书人的感慨。那么，杨本呢？前后不一，体制怪甚。其前三卷，基本上是一则写一个首尾自讫的故事，而且比较齐整，可以说是比较成熟的平话。其后一卷则不然了。它一则中写两个了不相干而自成起讫的故事成了常例，甚至有写四个以上自成起讫而了不相干的故事的。比如，“三藏过朱紫狮驼二国”一则，便写了“稀屎洞”、“朱紫国”、“盘丝洞”、“狮驼国”。比如，“显圣郎弥勒佛收妖”一则，便写了“火焰山”、“九头鸟”、“荆棘岭”、“木仙庵”、“小雷音”。比如，“三藏历尽诸难已满”一则，竟写了“比尼国”、“陷空洞”、“钦法国”、“九头狮”、“青龙山”、“玉兔精”、“铜台府”。凡此，不仅平话所绝无仅有，就是章回小说也是罕见的。除了说杨致和在想以古拙不偶的平话回目掩盖其对世本的删节缩写，并从而将杨本冒充为古本以欺世人以外，我实在想不出还有什么其他合理的解释。

要而言之，杨氏节世本，特点是删节缩写。开始是以一则去删节缩写世本的一回，这就形成其卷一“猴王得仙赐姓”至卷二“唐三藏收伏龙马”十五则的特点，情节相当于世本第一回至第十五回。随后便加快了速度，以一则删节缩写世本一个故事，即：世本以一回写一个故事者，以一则删节缩写之，世本以二至三回写一个故事者，亦以一则删节缩写之，这就形成卷二“观音收伏黑妖”至卷四“孙行者收伏青狮精”十五则的特点，情节相当于世本第十六回至

第三十九回。随后又加快了速度，以一则删节缩写世本几个故事，其中两个故事是常例，三至七个故事亦有之，这就形成卷四“唐三藏收妖过黑河”至篇末“唐三藏取经团圆”十则的特点，情节相当于世本第四十回至第一百回。论者认为杨本删节缩写世本是“匀速度”，错了；是“加速度”！

这么从宏观上一考察世本与杨本的对应关系，杨本作为世本的节本也就无可遁其形了。

三、朱本是晚于杨本的三缀本

朱本卷一至卷三和卷五至卷七共三十九则是对世本第一回至第十五回的删节分则；而由于世本保留了其祖本词话本《西游记》的某些特点，所以朱本这六卷在体制上也多诗词。

然而，朱本这六卷既多诗词，其卷四写的又是为世本所无的“陈光蕊江流儿”故事，那么，为什么不说朱本先于世本呢？这是由于：世本之祖本的大致特点，我们已从其留在世本中的遗踪作了考证。杨本不具备那些特点，所以不可能是世本的祖本。朱本虽比杨本多个为世本祖本所应有的“陈光蕊江流儿”故事，但该故事所言玄奘身世与世本中那篇叙玄奘身世之崖略的“词话”所云颇多牴牾，盖各渊源有自，所以不可据以论定朱本是世本的祖本，应全面地看问题。相反，说世本是朱本的祖本之一，倒是有据可查的：

首先，朱本与世本文字的雷同常是成段成段的。比如，朱本卷一“大道育生源流出”与世本第一回“灵根育孕源流出，心性修持大道生”有段对应的文字，便皆作：“众猴拍手称扬道：‘好水，好水！原来此处远通山脚之下，直接大海之波。’又道：‘那一个有本事的钻进去，寻个源头出来，不伤身体者，我等即拜他为王。’连呼了三声，忽见丛中跳出一个石猴，应声高叫道：‘我去，我去！’”世本的创作经验该不会是以朱本作蓝本，“成段摘引——成段铺陈——再成段摘引——再成段铺陈”而成文学巨著吧？

其次，朱本中有不少以四句收场的回末诗，如“妖转玉台山上去，宝莲座下听谈经。虽是妖怪将人害，老君收回诸天界”。两句工整，两句打油。工整的两句皆见于世本的回末，打油的两句不见于世本的字里行间。这究竟是世本的作者在沙里淘金呢，还是朱本的作者在狗尾续貂？请方家识之。

再次，朱本中还有一类绝句式的回末诗，其后一联与前一联虽则既失粘而又不押韵，但一联中的两句却对得颇为工整。可一查世本，却原来前一联是世本中对句型的回末诗，后一联是世本中紧承该回的下一回的回目。比如，卷一“石猴投师参众仙”，回末诗云：“鸿蒙初辟原无姓，打破顽空须悟空。悟破菩提真妙理，断魔归本合元神。”其前一联乃世本第一回的回末诗，其后一联乃世本第二回的回目。比如，卷二“仙奏石猴扰乱三界”，回末诗云：“高迁上品天仙位，名列云班宝箓中。官封弼马心何足，名注齐天意未宁。”其前一联是世本第三回的回末诗，其后一联是世本第四回的回目。如果不是世本在先，朱本又怎能如此！

最后，朱本的不少回目，其两则正好是世本一回的回目。如卷三“观音赴会问原因”和“小圣施威降大圣”，即世本第七回的回目。如卷五“袁守诚妙算无私曲”和“老龙王拙计犯天条”，即世本第九回的回目。如卷六“还受生唐王遵善果”和“度孤魂萧瑀正空门”。此等回目不仅与卷四中古拙不偶的单句回目竟若二书，而且与其他各卷中参差不齐的单句回目亦不同一格，完全可以作为朱本卷一至卷三和卷五至卷七是节自世本前十五回的铁证。然而最“铁”的，我以为还是朱本中的那个鹤立鸡群的回目，即卷二中的“乱蟠桃大圣偷丹，反天宫诸神捉怪”，因为这一对偶句的回目，它正是世本第五回的回目！

其中，最值得我们注意的，是最后一点。因为，它不只在证明着朱本这六卷是节自世本第一回至第十五回，而且在证明着朱本删节世本的基本方法是节之分则，遂造成了朱本与世本相对应的情节在文字上成段成段的雷同。

朱本卷四当采自与世本祖本词话本《西游记》同源而异流的平话本《西游记》，所以该卷八则，除回末诗外，通体无一诗词，与卷一至卷三和卷五至卷七体制不一，简直像两部书。

朱本卷四这八则故事不是来自世本的祖本，也不是朱鼎臣据《西游记》杂剧所自写，因为其关目上的相异甚明，这有下表所列可证：

书名 关目	朱本	世本	杂剧
陈光蕊赴任地点	江州	洪州	洪州
玄奘落发金山原因	南极星君从其母怀中抱走托孤于金山寺	满月抛江顺水飘流至金山获救	满月抛江顺水飘流至金山获救
抚养玄奘的僧人	法明和尚	迁安和尚	丹霞禅师
江流儿一名含义	江州流落来的	顺江飘流来的	顺江飘流来的
陈氏的报仇雪恨	殷丞相起兵剿除	殷丞相起兵剿除	洪州太守虞世南令衙役擒捉之

显而易见，朱本卷四所写与《西游记》杂剧以及世本祖本留在世本中的遗踪只是轮廓上的相同；而“陈光蕊江流儿”故事是由来已久的，轮廓上的相同说明不了什么，能说明问题的倒是其关目的相异。其关目相异如此，说明三者的关系是同源异流，朱本卷四既不可能是据《西游记》杂剧改定，更不可能是据世本祖本删节。因为相比之下，《西游记》杂剧中的这一故事，倒比朱本更接近世本祖本些。

既然如此，朱本卷四这八则会不会是自民间某一口头传说所撰呢？答案当是否定的，理由有二：一是，世本第十一回有篇叙玄奘身世之崖略的“词话”，朱本卷六相对应处也有篇叙玄奘身世之崖略的“词话”。两篇“词话”，其中文字雷同者几在十分之九以上；最关紧要的一异是，朱本将世本的“海岛金山有大缘，迁安和尚将他养”，改为“托孤金山有大缘，法明和尚将他养”，以与卷四中“托孤于金山寺法明长老”云云相关照，可见该回必有所本，因而朱氏从之。二是，该卷中虽仅八则，却漏洞百出，信手拈个例子：“殷小姐思夫生子”一则，说殷小姐将婴儿付与变作和尚的南极星君时，“写下血书一纸，书内父母姓氏，跟脚缘由，备细载在书上”。到“江流和尚思报本”一则，却裂变为二，成了“血书一纸，汗衫儿一件”。到“小姐嘱儿寻殷相”一则，竟又再变而成三，说殷小姐当年托孤时，还曾“咬下脚指为记”。这种无头有尾，不成文理，名手固然不当尔尔，庸手亦不当尔尔，只能解释为朱氏对其所本手忙脚乱地删节以致如此。

朱本卷四这八则故事之所本当是与世本祖本同源而异流的《西游记平话》，这有一首诗可以作为铁证，一锤定音。诗曰：“黄河摧两岸，华岳振三峰。威雄惊万里，风雨喷长空。”该诗见《西游记平话》残文“魏徵梦斩泾河龙”，位在“老龙当时大怒，对先生变出真相”之后，“那时走尽众人，唯有袁守诚巍然不动”之前。真可谓诗是好诗，情节是好情节，一下就把龙的威势托出来了，令人心怵不已！可这首诗，杨本固然没有，世本也没有，却唯独朱本有，只是移作了回末诗，失却了其在情节中的精彩而已。杨本没有，因为它是世本的节本。世本没有，正可用作它非来自《西游记平话》而来自与之同源流的《西游记词话》的铁证。那朱本独有呢？当然只能解释为彼时朱鼎臣的案头必有一部《西游记平话》或属于这一系统的作品。

正因如此，所以朱本也就以它卷四的八则故事具有为杨本所无的双重价值：一是保存了《西游记平话》的另一残文，虽则是经删节过的；一是以该卷八则除回末诗外而通体无一诗词，与前后文判若二书，从而映衬出世本的祖本乃词话本而非平话本《西游记》。

朱本卷八至卷十共二十则是录自杨本卷二第六则“观音收伏黑妖”至卷四最后一则“唐三藏取经团圆”，而删去其间的“唐三藏梦鬼诉冤”、“孙行者收伏青狮精”、“唐三藏收妖过通天河”、“昴日星官收蝎精”、“显圣郎弥勒佛收妖”等五则，所以这二十则从回目到各回文字都与杨本所写雷同。

孤立地看问题，这二十则既可以用作杨本抄袭朱本的例证，又可以用作朱本抄袭杨本的例证。然而，假若联系杨氏和朱氏在删节世本前十五回时各自的特点看问题，即一个是删节缩写，一个是删节分则，二者泾渭分明，并且杨氏还有其逻辑发展线索，那么，这二十则也就随之而成为朱本抄袭杨本的铁证。

这么归纳杨氏和朱氏的删节特点是否符合事实呢？兹亦仿照方家列表，以察端详：

世　本	杨　本	朱　本
·灵根育孕源流出 心性修持大道生	·猴王得仙赐姓	·大道育生源流出 ·石猴投师参众仙
·悟彻菩提真妙理 断魔归本合元神	·悟空得仙传道	·石猴修道听讲经法 ·祖师秘传悟空道
·四海千山皆拱伏 九幽十类尽除名	·猴王勒宝勾簿	·悟空炼兵偷器械 ·仙奏石猴扰乱三界
·官封弼马心何足 名注齐天意未宁	·玉帝降旨招安	·孙悟空拜授仙箓 ·玉皇遣将征悟空 ·孙悟空封齐天大圣
·乱蟠桃大圣偷丹 反天宫诸神捉怪	·大圣扰乱胜会	(原书标题不明，非一)
·观音赴会问原因 小圣施威降大圣	·真君收捉猴王	·观音赴会问原因 ·小圣施威降大圣 ·大仙助法收大圣
·八卦炉中逃大圣 五行山下定心猿	·佛祖压倒大圣	·八卦炉中逃大圣 ·如来收压齐天圣 ·五行山下定心猿
·我佛造经传极乐 观音奉旨上长安	·观音路降众妖	·我佛造经传极乐 ·观音奉旨往长安
·袁守诚妙算无私曲 老龙王拙计犯天条	·魏徵梦斩老龙	·袁守诚妙算无私曲 ·老龙王拙计犯天条
·二将军宫门镇鬼 唐太宗地府还魂	·唐太宗阴司脱罪	·太宗诏魏徵救蛟龙 ·魏徵弈棋斩蛟龙 ·二将军宫门镇鬼 ·唐太宗地府还魂

续表

世　本	杨　本	朱　本
·还受生唐王遵善果 度孤魂萧瑀正空门	·刘全进瓜还魂	·还受生唐王遵善果 ·刘全舍死进瓜果 ·刘全夫妇回阳世 ·度孤魂萧瑀正空门
·玄奘秉诚建大会 观音显像化金蝉	·唐三藏起程往西天	·玄奘秉诚建大会 ·观音显像化金蝉 ·唐太宗描写观音像
·陷虎穴金星解厄 双叉岭伯钦留僧	·唐三藏被难得救	·三藏起程陷虎穴 ·双叉岭伯钦留僧
·心猿归正 六贼无踪	·唐三藏收伏孙行者	·五行山心猿归正 ·孙悟空除灭六贼 ·观音显圣赐紧箍 ·三藏授法降行者
·蛇盘山诸神暗祐 鹰愁涧意马收缰	·唐三藏收伏龙马	·蛇盘山诸神暗祐 ·孙行者降伏火龙

正如一位哲人所说的："有比较，才有鉴别。"我们从表上可以清楚地看出：杨本和朱本在删节世本前十五回时是各异其趣的。其特点和规律是：一个是以一则去节改世本的一回，一个是将世本的一回节改成几则，二者是两股道上跑的车。既然如此，那上述朱本卷八至卷十与杨本卷二至卷末中雷同的二十则，是以将世本的一回或好几回节改为一则见著的，当然只能用作杨本抄袭朱本的否证。

正因为依虎画猫是杨致和节改世本的基本方法，所以文简事繁便成为杨本的主要特点。文简简到短短四十则、七万馀字而已，可世本之关目，它皆应有尽有。事繁繁到竟以一则去写七个彼此了不相干的故事，致前不见古人，后不见来者。然而，世本没有如同朱本卷四的“陈光蕊江流儿”故事，今人尚且认为是件憾事，人文本乃以清人汪澹漪《西游证道书》本第九回“陈光蕊赴任逢灾，江流僧复仇报本”作为附录补配之，又何况明人！那以文简事繁而见称于中国古代小说的杨本呢？也同样阙如！这本身就是杨氏在节改世本时没有看到朱本，朱本在成书时却以杨本作为其祖本之一而删去了杨本的上述五则的硬证！

正因为朱本卷一至卷三与卷五至卷七是以世本第一回至第十五回作祖本，卷四是以与世本的祖本《西游记词话》同源而异流的《西游记平话》作祖本，卷八至卷十则是对杨本后二十五则中的二十则的采而录之，所以我称之为“三缀本”。题名《唐三藏西游释厄传》，盖因世本和杨本皆以一首诗开篇，其结句，一云：“欲知造化会元功，须看《西游释厄传》。”一云：“欲知造化会元功，须看三藏释厄传。”遂兼采而用之拟充古本以欺世人，即所谓“此地无银三百两，隔壁王二不曾偷”之故技也。

该作结论了，我的结论是：世本（其祖本乃词话本而非平话本）——杨本（以删节缩写的法子节自世本）——朱本（其卷一至卷三和卷五至卷七节自世本、卷四节自永乐大典本系统的平话本、卷八至卷十录自杨本的三缀本)。(说见拙著《西游记考论》第十一章)以此说世本的由来及其与杨本和朱本的关系,不知方家,以为何如?

人物细讲

唐僧是戴着僧帽的儒士

玄奘形象的演化，由《三藏法师传》而宋元取经故事而世本《西游记》（指世德堂本《西游记》，刻于明万历二十年，署名“华阳洞天主人校”，有陈元之序，今见百回本《西游记》皆属此系统，以下言及不再作说明），是个历史过程。人物之来历的日趋神异化与精神境界的日趋世俗化，这一二律背反构成了这一演化过程相辅相成的两个主要方面。

《三藏法师传》中的玄奘，超凡入圣处在“知”与“行”。作者虽时神其迹，但并未说他是圣僧，尽管他实际上乃僧之圣（详见拙著《西游记考论·论唐僧形象的演化》，黑龙江教育出版社 1997 年版）。宋元取经故事中的玄奘，既有被神化的一面，也有被世俗化的一面。论原因，当由于作者的宗教观念使之冉冉升入云端，尘俗意识又使之渐渐降入人世。其结果是，虽一心想将其写成真如佛子，而实际上却使其近于凡夫俗子。世本《西游记》中的玄奘，是个“慈悲好善之人，又有些外好里枒槎”；名为“御弟圣僧”，实际上却是肉眼凡胎，戴着僧帽的儒士。

第一，世本《西游记》中的玄奘是个“忠为君王”的大阐法师，这集中反映在他的取经缘起上。

《三藏法师传》中的玄奘，其所以“决志出一生之域，投身入万死之地”，目的只有一个，就是：“请未闻之旨，欲令方等甘露不但独洒于迦维，决择微言庶得尽沾于东国。”然而，其时国政尚新，疆场未远，禁约百姓不许出蕃。玄奘结侣陈表，未蒙恩允，且有诏不许。诸侣皆退，唯玄奘不屈，于贞观三年四月，冒越宪章，孑尔孤征，私往天竺。玄奘这一举措，虽为佛教原教旨所称允，与李氏王朝的根本利益亦不相背，却不仅不能称作什么“忠为君王”，倒属道学之士所指责的“夷狄之法，无父无君”。玄奘取经归东土，谒唐太宗于洛阳宫仪鸾殿，奏云：

> “奘闻乘疾风者，造天池而非远；御龙舟者，涉江波而不难。自陛下握乾符，清四海，德笼九域，仁被八区，淳风扇炎景之南，圣威镇葱山之外，所以戎夷君长，每见云翔之鸟自东来者，犹疑发于上国，钦躬而敬之，况玄奘圆首方足，亲承育化者也。既赖天威，故得往还无难。”

可谓句句说到唐太宗的心坎上，而又不背于实情，目的则是想藉助于朝廷的力量以翻译佛经，弘扬佛法：这正是玄奘的情达变通处。

太宗又是怎么说的呢？一则曰："师出家与俗殊隔，然能委命求法，惠利苍生，朕甚嘉焉。"二则谓侍臣曰："昔苻坚称释道安为神器，举朝尊之。朕今观法师词论典雅，风节贞峻，非惟不愧古人，亦乃出之更远。"岂仅宽慰之辞，嘉勉之语，盖亦撞心之言，自兹视玄奘为国宝，举朝尊之有甚于苻坚之于道安，目的则是想藉助于"三教圆融"以期国泰民安，皇图永固：这正是李氏之绝顶英明处。

没有玄奘的西行求法，就不会有中国佛教法相宗的极盛一时；没有唐太宗对玄奘翻译佛经的大力支持，亦不会有中国佛教法相宗的极盛一时。一个是千古一僧，一个是千古一帝，真可谓天缘之合。

正是这种天缘之合，在时人的儒家文化心态的作用下，演化为后世取经故事中玄奘西行求法的由来，演化为《西游记》杂剧中玄奘的奉诏取经天竺，演化为世本《西游记》中玄奘为报天子的知遇之恩而乘危远迈，杖策西征。从而也就使其"与俗殊隔"的忠心赤胆，日益演变为与俗无殊的"忠为君王"，成了个头戴僧帽的封建士大夫。

这一点，在《西游记》杂剧中是有稽可查的。剧本一则以登场诗的形式，写唐僧自陈抱负云："奉敕西行别九天，袈裟犹带御炉烟。祇园请得金经至，方报皇恩万万千。”二则写奉诏饯行的卢守南“求法语儆戒”，玄奘答曰：“众官，听小僧一句言语：为臣尽忠，为子尽孝。忠孝两全，馀无所报。”三则以〔太平令〕一支作为全剧的煞尾，道是：“四海内三军安静，八荒中五谷丰登，西天外诸神显圣，兆民赖一人有庆，则为老僧、取经，忠心来至诚，呀，传此话人间为证。”其抱负如此，其说教如此，其取经的作用如此，说作品中的唐僧实际上是披着袈裟的道学先生，恐不为过吧！

这一点，在世本《西游记》中是洞若观火的。书中写唐僧行行重行行而念念不忘唐太宗之恩德，那是有来由的。其第十二回“玄奘秉诚修大会，观音显圣化金蝉”，写唐太宗见了观音的“颂子”，问聚集于化生寺做道场的一千二百名高僧：

> “谁肯领朕旨意，上西天拜佛求经？”问不了，旁边闪过法师，帝前施礼道：“贫僧不才，愿效犬马之劳，与陛下求取真经，祈保我王江山永固。”唐王大喜，上前将御手扶起道：“法师果能尽此忠贤，不怕程途遥远，跋涉山川，朕情愿与你拜为兄弟。”玄奘顿首谢恩。唐王果真是十分贤德，就去那寺里佛前，与玄奘拜了四拜，口称“御弟圣僧”。玄奘感谢不尽道：“陛

> 下，贫僧有何德何能，敢蒙天恩眷顾如此？我这一去，定要捐躯努力，直至西天；如不到西天，不得真经，即死也不敢回国，永堕沉沦地狱。”随在佛前拈香，以此为誓。

该回还写玄奘回到洪福寺，众僧与几个徒弟早闻取经之事，都来相见：

> 他徒弟道：“师父呵，尝闻人言，西天路远，更多虎豹妖魔；只怕有去无回，难保身命。”玄奘道：“我已发了弘誓大愿，不取真经，永堕沉沦地狱。大抵是受王恩宠，不得不尽忠以报国耳。我此去真是渺渺茫茫，吉凶难定。”又道：“徒弟们，我去之后，或三二年，或五七年，但看那山门里松枝头向东，我即回来；不然，断不回矣。”

这就告诉我们，玄奘所以西行求法，目的是想“祈保我王江山永固”，因而博得唐王的最高嘉奖，称之为“御弟圣僧”。玄奘明知此行“吉凶难定”，却发下弘誓大愿，“定要捐躯努力”，实由于“蒙天恩眷顾如此”，所以“不得不尽忠以报国”。

显而易见，玄奘的这种对唐太宗李世民的“忠心赤胆”，实质上是种“忠君即是爱国”的宋儒思想，并含有某种“士为知己者死”的壮士观念，全然是世俗的、伦理的。它反映了一个无可辩驳的事实：玄奘西行求法，由《三藏法师传》中的“违旨”，演化为《西游记》杂剧中的“奉旨”，演化为世本《西游记》中的“请旨”，乃是取经故事在三教圆融而以儒教为主导的思想轨道上运行的必然结果。当“忠为君王”被说成是玄奘西行求法的主要目的，那么，玄奘的艺术形象也就随之而成为头戴僧帽的世俗士大夫了。

问题是在于：世本《西游记》作者写玄奘对唐太宗李世民的这种“忠心赤胆”，是下意识的，还是强意识的？是抱否定的态度，还是持肯定的态度？答案似乎只能是后者。理由有四：一是，书中的大唐具有君仁臣良的特点，它与天竺国下郡玉华县都是作者理想中的王道乐土。二是，《三藏法师传》所载高昌国国王麴文泰之与玄奘义结金兰已成千古佳话，今演化如是，显然非为讥刺，实乃反映了作者理想中之君臣关系的一种模式。三是，书中对孙悟空的高喊“皇帝轮流做，明年到我家”报之以揶揄，可见作者的人伦观念最终并没逾越三纲五常的思想范畴。四是，书中对玄奘的西行求法之志是肯定的，讥讽的是其缺乏孙悟空的胆识，认为西行路上的妖魔还不十分可怕，真正可怕的是这位“御弟圣僧”缺少一双法眼。

第二，世本《西游记》中的玄奘又是个识见浅陋的乡愿式人物，这集中反映在他的人妖不分上。

《三藏法师传》写玄奘自高昌国西行，不唯践雪岭巉险之途，热海波涛之路，且时与外道遭逢，贼匪遘面，几殉于难。其所以能一一逢凶化吉，遇难呈祥，不只由于他的澄波之量，浑之不浊，还由于他的情达变通，娴于辞令。比如，他在飒秣建国逢异教徒与在那揭罗曷国遇盗匪就是如此。而此等艰难险阻一到宋元取经故事里也就演化为妖魔。

然而，在今见宋元取经故事中，孙悟空识得的妖魔也就是玄奘识得的妖魔，一个以“锄恶”作为“劝善”，一个以“劝善”作为“锄恶”，职有分工，“同往西天鸡足山”。

世本《西游记》中的玄奘，论其“定要捐躯努力，直至西天”的精神，这在取经四众中虽可谓首屈一指，由此也就使他成为这一取经团体的领袖，但论其识见之浅陋，处事之无能，善恶之不分，却宛若是个同乎流俗的乡愿，偏怜愚弱的家长，而作者的讽喻之旨亦寓焉。

面对取经团体与妖魔的矛盾，玄奘好则一闻妖魔，便心惊胆颤，“坐个雕鞍不稳，扑的跌下马来，挣挫不动”；一遇妖魔，便魂飞魄散，“打了一个倒退，遍体酥麻，两腿酸软”，哪有一点闻变不惊、指挥若定的领袖风度，难怪孙悟空要气得直骂他“脓包”！坏则认定妖魔是“女菩萨”，认为孙悟空棒打妖魔是行凶作恶，直至咒念金箍闻万遍，勒得孙悟空耳红面赤，眼胀头昏，满地打滚。或一见“雷音寺”

三个大字，便慌忙滚鞍下马，直骂孙悟空撒谎，既已辨明是“小雷音”，又硬说也有佛祖在内，结果不仅自己被妖怪捉住，还害得孙悟空被合在金铙里面，差一点闷死。如此“御弟圣僧”，他人妖不辨何为“圣”！

面对取经团体的内部矛盾，玄奘也是“见事不明，好歹不分”。孙悟空虽有些“猴气”，既调皮而又促狭，既热心而又好强，却忠于取经事业，智勇兼备，胸有大局，是个“有仁有义的猴王”。猪八戒虽亦有志取经，“保圣僧在路，却又有顽心”，是个自作聪明而说话做事不知高低的人。然而，一遇二人的不睦，玄奘便以封建家长式的偏执，认为猪八戒“他两个耳朵盖着眼，愚拙之人也”，处处偏袒之而苛责孙悟空，甚至屡听其“诂言诂语”，念起“紧箍儿咒”，“尸魔三戏唐三藏，圣僧恨逐美猴王”一回，便是明证。如此“大阐法师”，他错勘贤愚怎称“师”！

玄奘如此“人妖颠倒是非淆”，不是偶然的。其人生哲学是：“千日行善，善犹不足；一日行恶，恶自有馀。”而视孙悟空的棒打妖魔为“秉性凶恶”。这是种十足的乡愿意识。正如《孟子·尽心下》所说的：“非之无举也，刺之无刺也，同乎流俗，合乎污世，居之似忠信，行之似廉洁，众皆悦之，自以为是，而不可与入尧舜之道，故曰‘德之贼’也。”其危害是在于：这种人生哲学，它披着“仁义”或“慈悲”的外衣，否定“锄恶”正是“行善”，而且是最大的“行善”。孙悟空与玄奘的冲突之不可避免，根本原因就在于：一个懂得这层道理，一个却不懂得这层道理！

然而，这只是问题的一个方面，问题还有另一个方面，而且更为重要，只是为专家学者们所忽略了，那就是：世本《西游记》中的玄奘其思想是发展的。书中写玄奘和孙悟空的思想冲突，是随着历难次数的增加而日渐减少的；玄奘历尽八十一难的过程，实际上也就是他日益放弃乡愿立场的过程。看到这一点是极为重要的，它说明作者之写玄奘的证果西天，并非寓言别的，寓言着这个“直迷了一片善缘，更不察皂白之苦”的人物，终于分清了皂白，认识到孙悟空的一路“锄恶”正是在积“善缘”。因此，作者写玄奘的证果西天，其审美意蕴与宋元取经故事是不可同日而语的。它实际上反映了以“不杀生”为其要旨的隶属于佛教文化的公义观念和立身之道，向以“该出手就出手”为其要旨的隶属于江湖文化的公义观念和立身之道的臣服。

第三，世本《西游记》中的玄奘还是个坐怀心悸的正人君子，这集中反映在他的几次艳遇上。

“不邪淫”是释家五戒中重要的一戒，宋元话本中不少高僧均毁在未能坚守这一戒上，可见世事之难莫过于绝灭人之天性，难怪人们要尊坐怀不乱的柳下惠为今古之“圣人”。

宋元取经故事演化为世本《西游记》，皆写及玄奘之不为女色所诱；但其心理的演化，玄奘却明显有个由“圣”入“凡”的历程。

《三藏法师传》曾言及“西大女国”，但那是个玄奘所闻的国度，纪之而已。曾言及玄奘与戒日王说《制恶见论》，“王有妹聪慧利根，善正量部义，坐于王后。闻法师序大乘，宗途奥旷，小教局浅，夷然欢喜，称赞不能已”。但还很难说玄奘与公主是“东边日出西边雨，道是无晴却有晴”。亦纪实而已。

《三藏法师传》中的“西大女国”，演化为《取经诗话》中的“女人之国”。但该国却是文殊和普贤所设，用以试玄奘之禅心的。女王曰：“和尚师兄，岂不闻古人说：‘人过一生，不过两世。’便只住此中，为我作个国主，也甚好一段风流事！”玄奘“再三不肯，遂乃辞行”。留诗曰：“愿王存善好修持，幻化浮生得几时？一念凡心如不悟，千生万劫落阿鼻。休喏绿鬓桃红脸，莫恋轻盈与翠眉。大限到来无处避，髑髅何处问因衣？”真可谓禅心有如沾泥絮。

《取经诗话》中的“女人之国”，演化为《西游记》杂剧中的“女人国”，已成人间国度。女王扯玄奘云：“我和你成其夫妇，你则今日就做国王，如何？”玄奘的回答是无力的：“善哉，我要取经哩。”面对女王的“逼配”，若非韦驮赶来护法，玄奘“几毁法体”。可见其禅心虽在却已非沾泥之絮！

世本《西游记》继承了《西游记》杂剧这一写法，并从而长足发展之，强意识地还了这位“御弟圣僧”以血肉之躯。何以言之，且看事实：

“三藏不忘本，四圣试禅心”一回，写菩萨变化为妇人，三次求“坐山招夫”。玄奘由“推聋妆哑，瞑目宁心，寂然不答”，而“如痴如蠢，默默无言”，而“好便似雷惊的孩子，雨淋的虾蟆，只是呆呆挣挣，翻白眼儿打仰”。如果说，“煮酒论英雄”，刘备的闻言失箸是由于曹操道破了他掩隐的凌云壮志，那么，玄奘的这种“怔营惶怖，靡知厝身”，当由于妇人的求配之言触动了他深藏的情田尘心。

“法性西行逢女国，心猿定计脱烟花”一回，写西梁女王愿以一国之富招赘玄奘为夫，生子生孙，永传帝业，玄奘竟不知如何是好，让孙悟空给拿主意：

> 行道者：“依老孙说，你在这里也好。自古道，‘千里姻缘似线牵’哩。那里再有这般相应处？”三藏道：“徒弟，我们在这里贪图富贵，谁去西天取经？却不望坏了我大唐之帝主也？”

足见玄奘并非无意于“一国之富”，“倾国之容”，其令人钦敬之处，是在于能将之视为“鱼”，而将取回真经以报唐王视为“熊掌”。

面对女妖的挑逗，玄奘又是如何呢？第五十五回，写蝎子精将其摄入毒敌山琵琶洞要与之成亲。面对女妖的淫情汲汲，玄奘惊慌不已，由不言不语，不吃不喝，而强打精神，虚与周旋，而共进馍馍，言语相攀，以致孙悟空在格子眼见状，“恐怕师父乱了真性”，忍不住，现了本相，掣棒喝道：“孽畜无礼！”第八十二回，写金鼻白毛老鼠精将其摄入陷空山无底洞要与之结为夫妇。面对女妖的爱欲恣恣，玄奘狼狈不堪，知孙悟空在室，惊魂方定。晚上饮“交欢酒”，一个“娇怯怯”，满斟美酒递与郎君；一个“羞答答”，满斟一盅回与佳人。次日相与游园，一个情切切喊声“长老”，一个意绵绵回声“娘子”。诚然，玄奘是在依孙悟空之计而行。然而，也难言不是在万种风流中真情的流露，亦即作者所谓“情欲原因总一般，有情有欲自如然”。

要是结合作者的艺术构思看，则玄奘的“禅心未定”就更清楚。面对女色，孙悟空是个“欲海扬尘”的人，所以我行我素；猪八戒是个“色情未泯”的人，所以“心痒难挠”；玄奘呢？介乎二者之间，是“子月泉心”，所以也就难免不惊慌失措，尴尬不堪。鲁迅说得好：“浊浪在拍岸，站在山冈上者和飞沫不相干，弄潮儿则于涛头且不在意，惟有衣履尚整，徘徊海滨的人，一溅水花，便觉得有所沾湿，狼狈起来。”（《鲁迅全集》第四卷，第149页，人民文学出版社1981年版）假若将“浊浪”比作“情海”，那

第十二回·玄奘秉诚建大会 观音显像化金蝉

么，世本《西游记》中的孙悟空、猪八戒、玄奘，倒和这三种人相类似的。

玄奘的这种坐怀心悸，具有普遍性。还是随园老人肯坦露自己的心迹："佳句听人口上歌，有如绝色眼前过。明知与我全无份，不觉情深唤奈何。"（袁枚《小仓山房诗文集》卷三十二《佳句》）何况西梁女国女王之类又是主动出击，玄奘焉有不现其"银样蜡枪头"之理！但当其意识到自己是个僧人，美女乃俗人之妇，他这个"银样蜡枪头"也就没有烊成一摊，这正是斯人之难能可贵的地方，谓之有理性。

正是鉴于世本《西游记》中的玄奘，其忠心赤胆如此，其识见浅陋如此，其坐怀心悸如此，所以，我说他名为"御弟圣僧"，实际上却是肉眼凡胎，戴着僧帽的儒士。这个形象，似扁型而实圆型，似苍白而实丰满，具有其内心世界的复杂性，是个现实主义的典型。一言以蔽之，其为人也，正如孙悟空所说："我那师父是个慈悲好善之人，又有些外好里枒槎。"

三国故事、水浒故事、取经故事，是宋元以来人民群众所喜闻乐见的三大故事，皆属英雄传奇，均有历史的影子。

英雄传奇，照理故事应越传越奇，主人公越传越英雄。论故事之越传越奇，取经故事实有甚于三国故事、水浒故事，可玄奘的形象却越传越不英雄，竟由《三藏法师传》

中的超凡入圣，一变而成宋元取经故事中的亦凡亦圣，再变而成世本《西游记》中的肉眼凡胎，其原因是什么？我认为就在于历史上的玄奘是宗教领袖，乃僧之圣。

玄奘作为僧之圣，其如何“躬窥净域，讨众妙之源，究泥洹之迹”，其如何“扇唐风于八河之外，扬国化于五竺之间”，皆时人所无法想象的。时人只能从宗教心理出发，以能否名标西天佛国作标准，去想象玄奘是否有前身，是否有菩萨的点化和护法，是否最后又证果西天。然而神灵的护佑作用和玄奘的个人作用是成反比的，其结果，是玄奘头上的灵光圈越多，其个人在取经过程中的作用越微不足道。“取经烦猴行者”，玄奘“圣”则圣矣，然而一个“烦”字，正意味着其主人公的宝座开始丧失！

玄奘作为佛门领袖，其“多识洽闻之奥冠恒肇而逾高，详玄造微之功跨生融而更远”，也是时人所无法想象的。时人只能从世俗心理亦即儒家的文化心态出发，以理想中的世俗领袖为模式去塑造之。一是以“天行健，君子以自强不息”相要求，这就使宋元以来的玄奘艺术形象与刘备、宋江艺术形象一样，他们都具有崇高的目标以及为之奋斗的坚强意志。二是以“地势坤，君子以厚德载物”相要求，这又使宋元以来的玄奘艺术形象与刘备、宋江艺术形象相似，他们都是忠厚长者，甚至连好哭的特点都是共同的。因为“哭”一般都是真情的流露，况且往往是和善的意念相连的；所以人们便将好哭作为他们三人为人忠厚的性格特征。作者在总体上都是肯定的。

然而，由于世本《西游记》和《三国演义》、《水浒传》的成书年代不同，写定者的思想观念和审美观念不同，玄奘的好哭和刘备、宋江的好哭，既有其相同点，又有其不同点。刘备的哭，是出于“上报国家，下安黎庶”。宋江的哭，是由于“忠为君王恨贼臣，义连兄弟暂安身”。玄奘的哭呢？除忧不得真经而归以保皇图永固，还由于其有乡愿意识的一面。

记得郭沫若有诗云：“人妖颠倒是非淆，对敌慈悲对友刁。咒念金箍闻万遍，精逃白骨累三遭。千刀当剐唐僧肉，一拔何亏大圣毛。教育及时堪赞赏，猪犹智慧胜愚曹。”这是对世本《西游记》中的玄奘疾之过甚了。其实，小说的作者并不一概否定玄奘的主张积“善缘”，只是讥刺其沉迷于此，以致不懂得孙悟空的锄恶正是在行善。玄奘最后懂得这一道理之日，便是其历尽八十一难成正果之时，作者寓意盖亦深焉！

孙悟空与贾宝玉是近亲

将孙悟空和贾宝玉作比较研究，似乎有点不伦不类。实际上并非如此，只不过是在把“猿”和“人”放在一起作一比较研究而已！这又是怎么说的呢？

我们知道，文学作为一定社会生活在作家头脑中审美反映的产物，莫不受一定社会思潮的影响和制约。明清文学所反映的社会思潮是形形色色的，而《红楼梦》与《西游记》虽则题材不同，创作方法不同，艺术风格不同，却是同一社会思潮中的两座丰碑。这一思潮就是伴随着资本主义萌芽的出现而产生的要求个性解放的思潮。如果说，这种思潮在《西游记》里是体现为“猿的形态”，那么，到《红楼梦》里则体现为“人的形态”。这集中反映在两部作品都把主人公的形象写成具有“童心”的“真人”，并从而寄寓了作者对人性问题的认识。

其一，孙悟空和贾宝玉的个性觉醒，都被作者写成是一种天赋，这种天赋实际上也就是李贽所说的“童心”。

《西游记》开卷即写“灵根育孕源流出”，与以往取经故事的写法大不相同，作者更动了传统的结构方式，把“大闹天宫”提到全书的开头，而且用了整整七回的篇幅；变更了传统故事的孙悟空的出身，把“老猴精”改成了破灵石而出的天产石猴，并把“灵根育孕源流出”放在开宗明义的地位。这是别具匠心的。首先，显然是想突出孙悟空在形象体系中的地位，把作品写成孙悟空的英雄传奇；其次，显然是要涤荡取经故事中的孙行者身上的宗教色彩，努力把孙悟空写成神话中的英雄；最后，如前所述，也是更为重要的，是要把孙悟空写成大自然的儿子，活脱脱的“自然人”的形象。这后一点其所以尤为重要，就在于：它把孙悟空身上的处于萌芽状态的自由、平等观念，写成是与生俱有的东西。

《红楼梦》呢？说主人公贾宝玉是神瑛侍者转世，其所佩之“通灵玉”是青埂峰下一块“灵性已通”的顽石下凡。瑛是假玉真石。“神瑛”与“灵性已通”的顽石，也就无质的区别。这类笔墨是否是受《西游记》写“灵根育孕源流出”的影响，尽可仁者见仁，智者见智。不过，公然宣称“只除‘明明德’外无书”的《红楼梦》，把贾宝玉的“意淫”，亦即萌芽状态的自由、平等、博爱观念，说成是“天分中生成”，是天赋予人的美德，这却是不容置疑的事实。

程朱理学强调“天命之性”，陆王心学强调“良知”，都是把三纲五常看作是人的本性。《西游记》、《红楼梦》把自由、平等观念写成主人公的天赋，这种对人的天性的看法，是当时要求个性解放的时代精神在作者笔端的反映，它与李贽的“童心”说显然是同出一源。李贽的“童心”说是他的抽象人性论在道德观方面的运用，虽然未能作出系统的、正面的、具体的论述，然而它所抨击的目标却是具体的，那就是否定三纲五常是人的本性，而认为人的本性是一种未受官方御用思想侵蚀过的天真纯朴的“童心”，实际上已含有个性的自觉，是把自由、平等观念作为“童心”，作为人的与生俱有的本性来宣扬的。在文学史上，这种思想和写法，滥觞于《西游记》作者对孙悟空形象的刻画，而成于《红楼梦》作者对贾宝玉形象的塑造。这就是说，贾宝玉也罢，孙悟空也罢，都是他们所处的时代的具有“童心”的“真人”形象。

其二，孙悟空和贾宝玉作为具有“童心”的“真人”，实际上是当时新兴市民社会势力的思想代表；他们身上的斗争性和妥协性，实际上是反映了当时新兴市民社会势力在反对封建主义人身关系过程中的两面摇摆的政治态度。

孙悟空与天廷神权统治者的关系及其个人命运虽有前后期的不同，但要求自由和平等的天性却始终如一。孙悟空作为“天产石猴”，以他独有的探险精神发现了水帘洞，被群猴推为“美猴王”，在那“仙山福地，古洞神洲”过着“不伏麒麟辖，不伏凤凰管，又不伏人间王位所拘束，自由自在”的生活；然而，他却不以此为满足，一想到那暗中还“有阎王老子管着”，“不得久注天人之内”，于是便决心云游海角，远涉天涯，访师求道，“学一个不老长生，常躲过阎君之难”。孙悟空在学得与天同寿的真功果和七十二变的大神通之后又回到花果山。作为“美猴王”，与群猴的关系仍是“合契同情”，而不是“君君臣臣”；作为“地上妖仙”，并不以为身份卑贱，自称是龙王的“邻居”；太白金星引他参见玉帝，竟口称“老孙”而傲不为礼，以致吓得那两旁仙卿面如土色；官拜“齐天大圣”，亦不以为地位高贵，他与诸天神交游，“不论高低，俱称朋友”。凡此等等，足以说明孙悟空身上的自由、平等观念是出于天性。正是这种天性，促使他闹了龙宫闹地府，闹过地府又闹天宫。西行路上的孙悟空，尽管被如来佛套上了那个拘束“反性”的紧箍，但他的身上依然保持着当年的“异端”风采。他腹谤观音，奚落如来，笑骂龙王，到灵霄宝殿查问妖怪的来历，高兴时，对玉帝“唱个大喏”，着恼时，“问他个钳束不严”。凡此等等，足以说明孙悟空对天上神权统治者始终保持着一种桀骜不驯的天性，并不以为自己比他们卑贱些。

与孙悟空相比，自由、平等观念在贾宝玉身上是发展了，也深化了。如果说，这种观念在孙悟空身上基本上还只是一种自在的意识，比较浅显地焕发为一种朴素的个人奋斗的精神，尚未形成一种独具风貌的社会伦理观念，那么，到贾宝玉身上已发展为一种自为意识，比较深刻地转化为一种对人生哲理的思索，已经形成一种新的社会伦理观念的雏形。从人生哲学上说，集中地反映为贾宝玉的“懒与士大夫诸男人接谈”而却“每每甘心为诸丫鬟充役”的处世态度，把封建主义的尊卑贵贱观念作了颠倒，这种颠倒包含着近代平等观念的萌芽。从政治思想上说，集中地反映为贾宝玉的坚持叛逆本阶级给青年一代所指定的人生道路，公然抨击作为三纲之首的“文死谏，武死战”的教义，乐于成为一个“于国于家无望”的人。从婚姻观上说，集中地反映为贾宝玉的坚持婚姻必须以爱情为前提，而爱情又必须以共同的叛逆思想作基础。

恩格斯在谈到德国十六世纪资本主义萌芽阶段市民的阶级代表人物马丁·路德时，曾深刻指出：“路德动摇不定，当运动日益严重时反而害怕，终至投效诸侯。这一切和市民阶级两面摇摆的政治态度完全符合。”孙悟空和贾宝玉作为当时新兴市民社会势力的思想代表，也不同程度地具有这种两面摇摆的政治态度。

孙悟空的政治态度始终具有二重性。敢于“大闹三界”，这是他的斗争性；两次接受玉帝的“招安”，这是他的妥协性。“情愿修行”，摩顶受戒，保护唐僧西天取经，是他的妥协性；一路上扫魔除怪，在唐僧面前我行我素，而

第一回 · 灵根育孕源流出 心性修持大道生

所扫荡的魔怪又大多是以三界的神佛为后台的，对此勇于奋起千钧棒，视唐僧的说教如云烟，这又是他的斗争性。假如说，“大闹天宫”写出了他斗争中有妥协，那么，“西天取经”则写出了他妥协中有斗争。既有斗争的一面，又有妥协的一面，其主导面，前期是斗争而后期是妥协，这便是孙悟空与天廷神权统治者的基本关系。这种关系，反映了孙悟空前后思想性格的内在统一性，也反映了“大闹天宫”与“西天取经”两个故事的主题思想的内在一致性。

贾宝玉的政治态度也同样具有这种二重性。一方面，他十分憎恶封建礼法；另方面，在人前却礼数周全。一方面，他坚持婚姻自主，与林黛玉结成了死生不渝的爱情，把家世利益置于脑后；另方面，却把与林黛玉的亲事寄希望于封建家长身上，并且最后还是与薛宝钗成亲。一方面，他想解放怡红院的奴婢；另方面，却寄希望与虎谋皮，幻想贾母能额外开恩。一方面，他以《芙蓉女儿诔》的写作，作为对封建主义的亲权和孝道的一种强烈挑战，其措词之激烈，实堪称是一篇讨伐封建正统势力的檄文；另方面，在作了一番一字一血的认真声讨之后，却又深藏馀愤而一丝不苟地去做晨昏叩省去了。凡此等等，这种斗争性与妥协性，明显地反映了贾宝玉在与封建势力斗争中两面摇摆的政治态度。

孙悟空与贾宝玉的两面摇摆的政治态度，历史地、真实地、典型地概括了当时的新兴市民社会势力的阶级特征：他们的自由、平等观念既是作为封建主义人身关系的否定物而出现的，同时又因其还十分稚嫩而在政治上不能不绕封建统治阶级之膝以行。

其三，尽管孙悟空与贾宝玉都是两面摇摆的政治态度，然而随着其思想性格的发展，封建主义思想观念在他们身上的消长却呈现出一种相向而行的状态。正是在这里，我们可以清晰地看出两位天才作家由于时代不同，对于“童心”的态度是同中有异。

孙悟空在“大闹天宫”时只知率性而行，要求自由、平等，直到想与玉皇大帝轮流做庄，并不存在什么君君臣臣、尊卑有序之类的思想。可一到取经路上，随着行行重行行，尽管对自由、平等的内在要求依然存在并时有表现，但是，儒家的仁政思想以及忠孝节义观念，却在他的身上从无到有并日见增浓。比如，他曾这样责备那横遭黄袍老怪蹂躏的百花羞公主：“你正是个不孝之人。盖‘父兮生我，母兮鞠我。哀哀父母，生我劬劳！’故孝者，百行之原，万善之本，却怎么将身陪伴妖精，更不思念父母？非得不孝之罪，如何？”又如，他曾这样以火眼金睛察识那乌鸡国侵占龙位的妖魔：“若是真王登宝座，自有祥光五色云；只因妖怪侵龙位，腾腾黑气锁金门。”再如，他还曾给车迟国国王开过这样的治国药方：“望你把三教归一：也敬僧，也敬道，也养育人才。我保你江山永固。”这些观念，都是“大闹天宫”时的孙悟空身上所没有的东西。

贾宝玉的思想性格的发展大致可以分为三个阶段。第一个阶段，其标志是由抱憾金钏儿的惨死和同情蒋玉函的逃出忠顺王府而导致他的挨打。这使他从严父的道貌上看出了狰狞，从奴隶们的反抗中发现了曙色，那封建家族传染给他的贵族公子的纨绔习性和暴戾脾气也由此而为之一扫。第二个阶段，其标志是由抄检大观园及其所造成的晴雯之死而激发出他的《芙蓉女儿诔》的撰写。这使他又从慈母的笑脸上发现了血污，认识到同是“巾帼”却有“鸠鸩”和“鹰鸷”之别，在他的心灵深处实质上已经撕掉了那封建宗法关系的温情脉脉的面纱。第三个阶段，在曹雪芹的笔端其标志当是贾府的被抄和林黛玉之死而使他陷于“贫穷难耐凄凉”的悲苦境地。这使他又从佛面常笑的老祖母的牙缝中发现了人肉的肉丝，从锦衣卫的刀光剑影里看清了地主阶级的那种“乱烘烘你方唱罢我登场”的丑态，并从而促成了他割断了自己对封建主义的社会人生的系恋。与孙悟空相反，贾宝玉是随着其思想性格的发展，于两面摇摆的政治态度中越来越坚定地要求摆脱封建宗法的思想和制度对自己的影响和束缚。

贾宝玉来自太虚幻境，最后又回到太虚幻境；孙悟空来自花果山，最后却未回到花果山。西行路上的孙悟空不是曾嫌花果山有“妖气”吗？足见《西游记》的作者实无意于把花果山写成孙悟空的落伽山。他心目中的真正理想世界是玉华国，这个体仁沐德的王道世界。《红楼梦》的作者心目中的真正理想世界是太虚幻境这个“天不拘兮地不羁”的自由天地。由此可见，孙悟空的来自自然而最后走出了自然，贾宝玉的来自自然而最后又返归自然，这二者的不同集中地反映了两位天才作家的社会理想的不同。

虽则两位作家都把“童心”看作人的天赋，认为人们对自由、平等的要求是种合理的要求。然而，《西游记》作者同时又认为：人的“童心”应该接受封建宗法的思想和制度的某种制约，否则便会发展成无“法”无“天”。这是折衷主义的态度。所以他对自称“齐天大圣”的孙悟空是欣赏，而对成为“斗战胜佛”的孙悟空是颂扬。欣赏并不等于完全肯定，而颂扬则是最大的肯定。《红楼梦》作者不仅不主张把人的“童心”强行纳入封建宗法的思想和制度的某种框框，倒主张打破这个框框让它获得自由发展。这是一种社会改革者的态度。正因为如此，所以他对作为“富贵闲人”的贾宝玉不乏批判，而对作为“混世魔王”的贾宝玉却诸多肯定。但是，究竟怎样才能打破那个封建宗法的思想和制度的框框而使人的“童心”获得自由发展呢？时代又使他交了白卷。

一言以蔽之，孙悟空和贾宝玉都是孕育于个性解放思潮的具有“童心”的“真人”。但，如果说孙悟空是尚处于胎儿时期的“猿”的形态，那么贾宝玉则已属胎儿时期的“人”的形态。这就是我的总的结论。（详见拙著《红楼梦考论·〈红楼梦〉与〈西游记〉人性观念的比较研究》，黑龙江教育出版社 1998 年版）

猪八戒是阿Q的远祖

想将这一问题写出来由来已久，因为有三个问题一直在牵动着我的思绪。

一是涉及文学史上的一个问题。鲁迅说："自有《红楼梦》出来以后，传统的思想和写法都打破了。"这无疑是正确的。我想补充一句：这种打破，实始于《西游记》而成于《红楼梦》。从人物塑造来说，最为鲜明的，是体现在猪八戒这一形象上。

二是涉及创作方法上的一个问题。文艺理论家们一谈浪漫主义，言必称《西游记》，例必举孙悟空和猪八戒的形象塑造。唯钱锺书《管锥编》云："古罗马哲人言，人具五欲，尤耽食色，不廉不节，最与驴若豕相同；分别取驴象色欲，取豕象食欲。是故《西游记》中猪八戒，'食肠如壑'，'色胆如天'，乃古来两说之综合，一身而二任者。"以"人具五欲，尤耽食色"去说猪八戒，我认为是最贴切不过的。可见，作者塑造这一形象是旨在为芸芸众生写"心"。既然如此，又怎可无视人物的精神状态而把这一典型形象简单地称之为浪漫主义的一个“这个”呢？

三是涉及猪八戒的文化意蕴问题。中国是个礼义之邦，可一个既耽于“食”而又耽于“色”的“一身而二任者”却博得了人们的喜爱！对此，我想补说一下原因。那就是：《西游记》中的猪八戒不同于《西游记》杂剧中的猪八戒只以“耽于食色”的自然属性为其基本特点，社会属性表现甚微。作者不只写出他从“母猪胎里”带来的自然属性，更写出了他作为人的社会属性；不只写出了他思想性格显性的一面，更写出了他思想性格隐性的一面；其思想性格显性的一面既反映了一般世人的弱点，其思想性格隐性的一面又反映了一般农民的优点；写其思想性格隐性的一面又是通过写其思想性格显性的一面来实现的，并从而使人物形象成为一个“这个”，所以，也就使人感到猪八戒这个人物诚可笑亦诚可爱，这实在是种很高超的现实主义写法。从中也就包孕着猪八戒形象的深厚文化意蕴，甚至使他成为阿Q的远祖。

其一，从猪八戒的胎记长喙大耳说起

堂堂天蓬元帅落下这么一种胎记，怎不叫人难堪！好在长喙大耳，不像獐头鼠目，一个令人感到呆头呆脑，一个令人感到心术不正。呆头呆脑有憨的一面，而憨在我国民俗中则被认为是种不错的品格。它成了作者笔端猪八戒性格的基本点，而这也是人们喜爱这个人物的根本原因。

然而，这一胎记给猪八戒带来的后果又是那么严重！高家明知他“耕田耙地，不用牛具，收割田禾，不用刀杖。昏去明来，其实也好”。还是定要悔婚，不就因他“后来就变做一个长嘴大耳朵的呆子，脑后又有一溜鬃毛，身体粗糙怕人，头脸就像个猪的模样”吗？西梁女国的太师所以谢绝他的自荐而不肯替他和女王做红媒，不就因为他“卷脏莲蓬吊搭嘴，耳如蒲扇显金睛”吗？孙悟空从来不拿沙和尚取乐，而总拿他老猪开心，开口“呆子”，闭口“馕糠的夯货”，不就因他“嘴长毛短半指膘，圆头大耳似芭蕉”吗？最偏怜他老猪的，莫过于唐僧，而唐僧也是认为“他两个耳朵盖着眼，愚拙之人也”。正因为那“碓梃嘴，蒲扇耳朵”给他老猪带来的是一次又一次的难堪，而他老猪又曾经是个阔得可以的天蓬元帅，所以“呆子”二字虽非恶谥，在我国民俗中倒有几分是昵称，而其内心深处却对此忌讳不已。于是，便总想一显自己的聪明，有用，不呆，喜剧也就由此开演了。

面对孙悟空的使促狭，猪八戒求得心理平衡的办法有三。一是咒骂。如第四十六回，孙悟空与羊力大仙赌下油锅洗澡，想作成猪八戒捆一捆，看他害怕不害怕，便淬在油锅底上，变作个枣核钉儿。国王以为孙悟空死了，便拿猪八戒下油锅。呆子捆在地上，气呼呼地说：“闯祸的泼猴子，无知的弼马温！该死的泼猴子，油烹的弼马温！猴儿了账，马温断根！”骂弼马温“无知”，当然也就意味着他自己的高明，认为压根儿就不该打这个赌，油锅是下得的么！二是编谎。如第三十二回，孙悟空明知前面有魔头，却撮弄猪八戒去巡山。猪八戒编了个谎，并朝着一块大青石演习道：

> “我这回去，见了师父，若问有妖怪，就说有妖怪。他问甚么山，——我若说是泥捏的，土做的，锡打的，铜铸的，面蒸的，纸糊的，笔画的，他们见说我呆哩，若讲这话，一发说呆了；我只说是石头山。他问甚么洞，也只说是石头洞。他问甚么门，却说是钉钉的铁叶门。他问里边有多远，只说入内有三层。——十分再搜寻，问门上钉子多少，只说老猪心忙记不真。此间编造停当，哄那弼马温去。”

呆子自谓编得万无一失，却不期孙悟空变作个蟭蟟虫，钉在他耳朵后面，听得一清二楚。三是撺掇唐僧念紧箍儿咒。如第三十八回，孙悟空说井底有宝贝，哄猪八戒下井驮乌鸡国王的尸首。呆子驮出尸首后，便撺掇唐僧念紧箍儿咒，说孙悟空能医得活，而且不用去阴间，“你只念念那话儿，管他还你一个活人”。唐僧信邪风，果然念起紧箍儿咒。呆子笑得打跌道：“哥耶！哥耶！你只晓得捉弄我，不晓得我也捉弄你捉弄！”猪八戒在孙悟空面前编谎虽次次输，而在唐僧面前编谎却把把赢。其所以会次次输，就在于他自以为聪明，而所编的谎却浅露得只能瞒过他自己。其所以会把把赢，就在于他两个耳朵盖着眼，至蠢笨得令人不相信他会编什么谎。二者是相辅相成的，因而他越要狡黠编谎，越想证明自己不呆，就越见其呆得可笑，越见其憨得可爱。

面对唐僧的仪表，猪八戒自叹不如。于是便和他比干活，以获得心理的平衡。比如第二十三回，他就曾这么和变成妇人的菩萨说：

> “娘，你上覆令爱，不要这等拣汉。想我那唐僧，人才虽俊，其实不中用。……我虽然人物丑，勤紧有些功。若言千顷地，不用使牛耕。只消一顿钯，布种及时生。没雨能求雨，无风会唤风。房舍若嫌矮，起上二三层。地下不扫扫一扫，阴沟不通通一通。家长里短诸般事，踢天弄井我皆能。”

这一点不假，他在高老庄当姑爷时便是如此。好劳动是可以引为骄傲和自豪的。但是，他却忘了人家是在选女婿，不是在招长工！其自作聪明如此，则憨态亦可掬矣！

面对妖魔，猪八戒也总好卖弄小聪明，其表现形式大致有三：一是自以为机敏善应变，而把妖魔当作呆子。如过狮驼岭时，鹏魔王将他捉入洞去。狮驼王说："这厮没用。"他以为脱身的机会来了，接口便道："大王，没用的放出去，寻那有用的捉来罢。"结果还是被四马攒蹄捆住，扛扛抬抬，抛入池塘里浸着。二是一遇劲敌便丢下他人溜之大吉，还沾沾自喜以为是个识时务的人。如过宝象国时，国王问："那一位善于降妖？"此时孙悟空已被逐回花果山，想必一升为唐僧的大弟子而就忘了姓猪吧，他竟端出那老孙派头吹牛说："自从东土来此，第一会降妖的是我。"可当他与黄袍怪战经八九个回合，钉钯难举，气力不加时，却自作聪明地说，"沙僧，你且上前来与他斗着，让老猪出恭来。"然后一头钻进蒿草薜萝里，再也不敢露面，结果使沙和尚被黄袍怪捉进了碗子山波月洞。三是一见被孙悟空打败的妖怪便抖擞神威，恍若天下英雄舍我其谁欤！最典型的例子是过朱紫国时，孙悟空按落云头，将一个没有头的妖精摔在金銮宝殿前，他跑上去，就筑了一钯道："此是老猪之功！"凡此，也就告诉我们：自作聪明和笨拙过甚，这在猪八戒身上是形影相随的，而一以贯穿其间的则是弱者的求生手段和虚荣心理。因而人们在笑中也发现了自己的弱点，从而理解了他，不把他的耍小心眼看作是心术不正，相反地倒觉得他是个憨厚得作事不知好歹的人。

然而，猪八戒的见识也有为孙悟空和唐僧与沙和尚所不及的地方，那就是他从生活中积累的经验。第三十九回，文殊菩萨的坐骑青毛狮子变作唐僧一般模样，两个手搀手立在金銮殿前，弄得孙悟空的火眼金睛也难分真假。猪八戒笑道："哥啊，说我呆，你比我又呆哩！师父既不认得，何劳费力？你且忍些头疼，叫我师父念念那话儿，我与沙僧各搀一个听着。若不会念的，必是妖怪，有何难也？"这主意虽馊，却最管用。第四十七回，路阻通天河，不知河水深浅，又是猪八戒出了个好主意，说是"寻一个鹅卵石，抛在当中。若是溅起水泡来，是浅；若是骨都都沉下有声，是深"。第四十八回，灵感大王使妖法一夜之间把通天河冻结成冰，唐僧想趁冰过河，不知冰的厚薄，还是猪八戒的主意正，道是："等我举钉钯筑他一下。假若筑破，就是冰薄，且不敢行；若筑不动，便是冰厚，如何不行？"农民主要是靠经验认识世界，猪八戒特别善于认死理，最足以说明他是个农民典型。所以，卵二姐将一洞的家当留给他都被他吃光，因为他不懂经营；老高家的土地到他手里却成了生财之道，因为他会耕田耙地，种麦插秧。所以，他的武器九齿钉钯也是古代十八般兵器中见所未见的，难怪孙悟空要问："你这钯可是与高老家做园工筑地种菜的？"难怪沙和尚要说："看你那个锈钉钯，只好锄田与筑菜！"确实，那柄九齿钉钯简直像魁星手中的笔，令人一看便知道人物的职业。正因如此，所以猪八戒的狡黠是农夫的狡黠。其为人也，是小黠而大痴，黠之所显正是他痴的反映。因而"呆子"也就成了孙悟空对他的谑称和昵称。

要而言之，好要小心眼，或阿Q式的掩盖自己的缺失，自尊自大，自欺自慰，或在尊者面前进些讪言讪语，让自己的对手吃点苦头，或阿Q式的投机取巧，量对手强弱行事，面对强者退缩，面对弱者逞能。凡此，无非想占点小便宜，满足点虚荣心，这是芸芸众生的弱点，也是猪八戒的特点之一。但芸芸众生中具有这一弱点者却未必都像猪八戒那样憨直，而这也就是这个人物虽云狡黠却颇令人喜爱的基本原因。

其二，从猪八戒的胎记贪吃贪睡说起

贪吃贪睡的猪，是让农民喜欢的，因为它长膘。这会通过“通感”作用，作用于人们的审美心理。

其所以说贪吃是猪八戒的胎记，一则由于他吃相之蠢，不论食物的好坏和软硬，都一个劲儿地吞，从来不嚼一嚼，品一品，谚言“猪八戒吃人参果”便是由此而来的。二则由于他食肠如壑，饭量大得惊人，堪称古今无双，高太公要悔婚的原因之一，就是嫌他“一顿要吃三五斗米饭；早间点心，也得百十个烧饼才够”。当了和尚，就更能吃了。将他的馋相描绘得最淋漓尽致的，是第九十六回“寇员外喜待高僧”那场戏。迎宾宴上，“你看那上汤的上汤，添饭的添饭。一往一来，真如流星赶月。这猪八戒一口一碗，就是风卷残云”。送行席上，只见那“长老在上举箸，念《揭斋经》。八戒慌了，拿过添饭来，一口一碗，又丢够有五六碗，把那馒头、卷儿、饼子、烧果，没好没歹的，满满笼了两袖，才跟师父起身”。这种贪吃，与他的尊容联系起来，只能教人忍俊不禁，而不会令人厌恶。最值得注意的倒是，**能填饱肚子**，**简直成了猪八戒的人生目标**，**哪里能吃饱饭**，**那里就是他的西天佛国**。将他的这一心理描绘得最活龙活现的，是第八十八回他与孙悟空斗嘴那场戏。老猪是这么埋怨老孙的：“也够了！也够了！常照顾我捆，照顾我吊，照顾我煮，照顾我蒸！今在凤仙郡施了恩惠与万万之人，就该住上半年，带挈我吃几顿自在饱饭，却只管催趱行路！”这后一点分明也在怨唐僧“没正经”。因而唐僧反倒偏袒了孙悟空，喝道：“这个呆子，怎么只思量掳嘴！”猪八戒一路上“怎么只思量掳嘴”呢？道理很简单：他当了和尚后“长忍半肚饥”，“且到人家化些斋吃，有力气，好挑行李”。这不正是生活中忍饥挨饿的劳动者固有心态吗？几曾见他们吃饭不是狼吞虎咽而讲“割不正不食”的？只要能填饱肚子，什么脏活累活都愿干，甚至可以去拱开千年稀柿衕，这是在笑老猪他贪嘴吗？不，这是作者在以喜剧的形式满怀同情为勤劳而忍饥挨饿的农民写心！正因为猪八戒一路挑着行李而又长忍半肚饥，所以偶尔吃顿饱饭也就成了他的最大人生享受了，哪里还去品什么滋味！

其所以说贪睡是猪八戒的胎记，是由于他睡觉不择地方。大青石上他睡得香，荆葛丛中也成眠，假若能在乱草堆里拱个猪浑塘，那简直就是他的“席梦思”。这种贪睡，与他的尊容联系起来，不会令人生嗔，只会引人发笑。不可不注意的还是，猪要吃饱了才睡，猪八戒却不然。睡对他来说，比吃还重要。平素他从不承认自己的丑，好以“耐看”自诩，只有息于树下，孙悟空让去化斋时，他才不只承认而且渲染自己如何丑得吓人，长喙大耳不宜于去抛头露面。甚至说什么“他这西方路上，不识我是取经的和尚，只道是那山里走出来的一个半壮不壮的健猪，夥上许多人，叉钯扫帚，把老猪围倒，拿家去宰了，腌着过年，这个却不就遭瘟了”，其目的无非是想多打个瞌睡而已。因而，当他夜间睡觉的时候，纵然唐僧叫他，他也是要光火的。如第三十七回“鬼王夜谒唐三藏”，三藏惊醒慌得忙叫：“徒弟！徒弟！”老猪他醒来道：“什么‘土地土地’？——当时我做好汉，专一吃人度日，受用腥膻，其实快活；偏你出家，教我们保护你跑路！原说只做和尚，如今拿做奴才，日间挑包袱牵马，夜间提尿瓶务脚！这早晚不睡，又叫徒弟作甚？”猪八戒的贪睡是由于他的天生懒惰吗？不，高老庄的表现证明，他是个十分勤谨的人，曾替老丈人家“扫地通沟，搬砖运瓦，筑土打墙，耕田耙地，种麦插秧，创家立业”。世间哪一种人感到能睡一会儿比吃饭还重要，以致腹中虽饥而倒下便入梦乡呢？恰恰不是“四体不勤，五谷不分”的人，而是终日劳作、得不到应有休息的人！取经四众中谁最辛劳？是猪八戒，他除了挑行李以外，还是孙悟空荡妖灭怪的主要帮手。一位海外学者说：“唐僧的简单行李，这挑在他那宽阔的肩膀上简直就感觉不到什么！”（夏志清《中国古典小说导论》第161页，安徽文艺出版社1988年版）那是由于这位学者缺乏“远路没轻担”的生活体验，而小说作者却显然是根据这一生活体验来写猪八戒对唐僧的上述抱怨情绪的。由此可见，书中写猪八戒的贪睡，实际上也是作者在以喜剧的形式满怀同情为终日劳作而视睡若渴的农民写心！正因为猪八戒一路干的是累活重活而却得不到应有的休息，所以躲懒睡一会儿也就成了他的莫大人生享受了，哪还顾得上是躺在什么地方！

问题很清楚，吃了睡，睡了吃，贪吃贪睡是猪的特点。“狼吞虎咽”和“倒头便睡”，是终日劳作而忍饥挨饿和缺睡少眠者的特点。二者虽有相似之点，却有本质的不同。作者欲状猪八戒的一路勤谨辛劳而渲染其歇息时的贪吃贪睡，从而塑造了这一喜剧形象，这实在是种很高明的现实主义写法。把生活况味都和盘托出来了，没有对生活的精心观察和真切体验，是不能有此神来构思的。好逸恶劳，图饱口福，是芸芸众生的弱点。这就使人们在笑猪八戒的贪吃贪睡时，也在笑自己。而猪八戒的贪吃贪睡是植根于他的勤谨辛劳，并反映了他的天真憨直；芸芸众生中的好逸恶劳、图饱口福者，却未必皆是如此。这又使人们在笑他的这一缺点时，越发感到他的可爱可亲而不可厌。

其三，从猪八戒的胎记色胆如天说起

“色胆如天叫似雷”，是猪八戒的自供状。作为从母猪胎里带来的自然属性，集中体现为他的择偶不论妍媸，不问年龄，卵二姐亦可，三女待字闺中的妇人也行。作为投错了胎的人的社会属性，集中体现为他已当和尚，却魂梦以牵高老庄，并不时付诸言辞，而且动辄想散伙。说来也真令人可怜，他实际上是被老高家撵出来的而却不自知，想到的只是那儿有他心爱的妻子，那儿有他耕种过的土地，因而高老庄也就成为他心中驱之不去的乐园。这就最清楚不过地说明他理想中的乐园，只不过是“两垧地一头牛，老婆孩子热炕头”而已。乐园是失去了，可这种小农价值观念，一路上却常使他通过两种欲念表现出来，即所谓“色欲”和“财欲”。

说猪八戒“色心未泯”，一点也不冤枉他。“四圣试禅心”，他想要人家的小姐，小姐嫌他丑，他就对岳母说：“娘啊！……你招了我罢。”尸魔化为芳龄妙女，他一见“就动了凡心”，前去搭讪，知道对方是来斋僧的，“满心欢喜，急抽身，就跑了个猪颠风，报与三藏”。面对西梁国女王的“宫妆巧样非凡类，诚然王母降瑶池”，他“忍不住口嘴流涎，心头撞鹿，一时间骨软筋麻，好便似雪狮子向火，不觉的都化去也”。最恶作剧的，还是当他知道盘丝洞的七个蜘蛛精在洗澡，便非要去“打杀了妖精，再去解放师父”；可一到那里，却脱了皂锦直裰，扑的跳下水去，变作一个鲇鱼精，“只在那腿裆里乱钻”。

说猪八戒“财货心重”，一点也不是对他的栽赃。夜宿乌鸡国，他一听孙悟空说妖魔有件宝贝藏在御花园，便觉也不睡，愿意和孙悟空去偷，提出的条件是：降了妖魔，功劳归孙悟空，宝贝归他。路过金兜山，他不分好歹潜入妖魔点化的院落，窃得纳锦背心穿着捂背，结果被纳锦背心化成的绳索捆住，落入了独角兕大王手里。观灯金平府，他听孙悟空说摄走唐僧的像是犀牛精，便道：“若是犀牛，且拿住他，锯下角来，倒值好几两银子哩！”行至布金禅寺，他听唐僧说当年舍卫城太子曾以黄金作砖块铺地，请如来到此说法，竟想“也去摸他块砖儿送人”。离开天竺国，他听孙悟空说国王要为他们送行，便道：“送行必是有千百两黄金白银，我们也好买些人事回去，到我那丈人家，也再会亲耍子儿去耶。”最可笑的是，他化缘化到点银子，攒在一起，悄悄求了个银匠煎成一块，呈马鞍型，塞在耳朵眼儿里藏着作私房，足有四钱五六分重。

正是这两种欲念，它使猪八戒一有机会便想能第三次“倒踏门”。“四圣试禅心”，便是明证。当画饼难以充饥时，便分外想念高老庄。记得他当和尚那天，便与高太公说：

“丈人啊，你还好生待我浑家：只怕我们取不成经时，好来还俗，照旧与你做女婿过活。”西行取经与回高老庄，这两种思想在他心里是常交战的。他最怕的不是别的，是“和尚误了做，老婆误了娶，两下里都耽搁”。因而，一遇重大困难便嚷嚷着“各自散夥”也就事有必然了。

然而，光看到这一面还是不够的。这只是猪八戒思想性格的显性性格因素；深藏在这显性性格因素中的，还有与之反差很大的其思想性格的隐性性格因素，假若看不到这一点，也就失去了猪八戒形象。

诚然，猪八戒是有寡人之疾的。然而，它始终只表现为一种本能，一种意念，又由于他秉性的质朴和憨直，所以成了篱边的红杏，实际上他对两性问题倒是比较严肃的，负责的。这可以从两方面看问题：

一者，与《西游记》杂剧中的猪八戒乘人之危盗人妻女不同，《西游记》中的猪八戒在福陵山做妖怪时在这方面从未为非作歹。他的第一任妻子是卵二姐，这是他第一次“倒踏门”。卵二姐其色如何，从作者的命名可知，可卵二姐死了，他与观音谈起时还是满怀感情的。他的第二任妻子是高翠兰，这是他第二次“倒踏门”。高翠兰年二十犹待字闺中，高家愿将此女嫁给一个无根无绊的黑汉，则其体貌如何，亦可想而知矣，而老猪他却以自己的勤谨让高翠兰“身上穿的锦，戴的金，四时有花果享用，八节有蔬菜烹煎”：这已不失为模范丈夫。可高太公却一次又一次请和尚道士“要祛退他”，最后又请来了孙悟空，而老猪他却不只临别依依，还思念不已：这就越见其情真意笃了。

二者，与《西游记》杂剧中的猪八戒在女儿国犹偷偷和宫女做爱不同，小说中的猪八戒虽一路“色心未泯”而却始终没有破过“色戒”。他的向菩萨幻化的妇人求婚，只是种阿Q式的向吴妈下跪；他的变为鲇鱼精在蜘蛛精“那腿裆里乱钻”，只是种阿Q式的占小便宜掐小尼姑一把；他对尸魔化为的妙龄女子“动了凡心”，亦只是常见于芸芸众生中的献殷勤而已。况且，假如他识出对方是妖怪，也就不会这么怜香惜玉了，且看他上岸后如何举钯赶杀蜘蛛精，便是明证。

正是基于这两点，所以我认为：正像将阿Q的破毡帽换为瓜皮帽便失去了阿Q，假若将猪八戒的九齿钉钯换成匕首或水火棍也就失去了猪八戒。他的寡人之疾，是农民的寡人之疾。那道貌岸然而淫心与放浪则皆过之的道学先生，其品格是不足以与猪八戒比严肃和率真的。

诚然，每遇到重大的困难，猪八戒就嚷嚷，叫沙和尚回流沙河，照旧吃人度日，他仍回高老庄，回炉做女婿。然而，那也始终只表现为一种意念，一种无可奈何的情绪，或出于以为唐僧必死，或出于以为孙悟空已亡，或出于以为唐僧已和妖精成亲，取经之事已成泡影，又由于秉性的质朴和憨直，以及思维方法的极度务实，便脱口而出罢了，实际上他的取经意志是颇为坚定的。这可以从三方面看问题：

一是，他是个贪吃的人，而自从观音菩萨让他“领命归真，持斋把素，断绝了五荤三厌，专候那取经人”，纵然在高老庄“倒踏门”时亦从未开斋，可见他的皈依佛门和西行取经还是比较诚心诚意的，只是某些积习一时难改而已，似乎不能称“猪八戒”为“诸不戒”。

二是，他本人被妖魔捉去，吊他也好，浸他也好，要蒸他也好，要煮他也好，从不倒旗，只要唐僧和孙悟空二人无恙，他就不会有散夥的念头。一次，孙悟空因唐僧总不听人说，又被圣婴大王劫去，不禁说了句意懒心灰的话：“兄弟们，我等自此就该散了。”他接口便说：“正是，趁早散了，各寻头路，多少是好。那西天路无穷无尽，几时能得到!”可沙和尚却认为不该“各寻头路”，那会“坏了自己的德行，惹人耻笑”的。孙悟空问：“八戒，你端的要怎的处?”他说：“我才自失口乱说了几句，其实也不该散。哥哥，没及奈何，还信沙弟之言，去寻那妖怪救师父去。”可见到了真正紧要关头还是能坚定立场的，则其本心亦由此可见矣!

三是，实际上书中对他的取经立场曾作过集中描写，那就是第三十回和第三十一回，这两回以浓墨重彩写出他六不易。孙悟空因三打白骨精而被逐回花果山，沙和尚被黄袍老怪捉入碗子山波月洞，唐僧被黄袍老怪点化为猛虎锁在朝房铁笼里面，白龙马为救唐僧被黄袍老怪打伤了后腿，他虽因自知不是黄袍老怪的对手而动过回高老庄的念头，但还是听从了白龙马的劝说，“撑起两个耳朵，好便似风篷一般”地踏着云急匆匆去花果山请孙悟空：一不易。平素他与孙悟空就“有些不睦”，孙悟空此次被逐回花果山又正是他在唐僧面前三进“诂言诂语”的结果，因而是冒着挨几下“哭丧棒”的危险战战兢兢去请孙悟空的：二不易。孙悟空识出了他说的“师父想你，着我来请你”是谎言，定要与他游一游花果山，游完山又邀他进水帘洞用膳，他一则说：“哥啊，这个所在路远，恐师父盼望去迟，我不耍子了。”二则说，“哥哥，师父在那里盼望我和你哩。望你和我早早儿去罢。”三则说，“多感老兄盛意。奈何师父久等，不劳进洞罢。”他恐怕误了救唐僧而心急火燎如此：三不易。孙悟空见他还不吐真情，便让他上覆唐僧：“既赶退了，再莫想我。”他下了山，边走边骂道：“这个猴子，不做和尚，倒做妖怪。”这就骂出了他自己的本心，是不想再做妖怪，而想当个和尚：四不易。孙悟空知道他骂人，命猴子猴孙捉他上山，他一面告以实情，并苦苦哀求：“万望哥哥念‘一日为师，终身为父’之情，千万救他一救!”一面又要了个小聪明：“请将不如激将，等我激他一激。”他为了救唐僧而几乎施出了全身的解数：五不易。他还非得和孙悟空“携手驾云”同去救师父，唯恐孙悟空言不由衷，直过了东洋大海才放心：六不易。这六不易，充分反映他取经的意志和立场。

正是基于这三点，所以我认为：他的动辄想散夥只是他看不到取经前景时的一种意念，又由于他秉性的质朴憨直而信口乱说，论其取经的意志和立场，倒是颇为坚定的。要知道，作者赋予唐僧取经的目的，是要使“法轮回转，皇图永固”。那平素信誓旦旦要“上报国家，下济苍生”而一到真正紧要关头却倒了旗鼓的贰臣贼子，其思想品格是不足以与猪八戒同日而语的。

“色胆如天”，乃猪八戒的胎记。寡人之疾，芸芸众生人皆有之，却未必人人能像猪八戒那样可以成为好丈夫。理智上想“证果西天”而感情上却依恋家室，亦芸芸众生人之常情，但未必个个能像猪八戒那样始终没有离开“取经队伍”。其人可笑处在斯，其人可贵处亦在斯。不同时看到这两个方面，也就失去了猪八戒形象的审美价值。

到这，不妨把话说开去：《三国演义》中的诸葛亮和关羽等蜀国英雄人物是“半神半人”，《西游记》中的猪八戒也是如此；但前者仪表是“人”，精神状态是“神”，而后者却反是。这是个别开生面的人物形象，我这么说，有四层含意：

既狡黠而又憨厚，既懒惰而又勤谨，既好色而又情真，既畏难而又坚定，既自私贪小而又不忘大义，其狡黠是农民的小黠而大憨，其贪吃贪睡是累极了的长工放下担子后的口壮身慵，其好色是旷夫的寡人之疾，其畏难是太过务实的求止，其自私贪小是小生产者的惜财活口心理，其人生目标是勤谨一生而忍饥挨饿的山野村夫的人生目标。这就是我所看到的《西游记》中的猪八戒，这一形象是前不见于中国小说史的。此其一。

缺点是其显性性格因素，优点是其隐性性格因素，或者说，他外在的种种缺点掩映着他内在的种种优点，而且这种掩映几乎是对应的，二者反差虽大，却相辅相成。这就是我所看到的《西游记》中对猪八戒这一人物形象的塑造，这种一反“写好的人，简直一点坏处都没有；而写不好的人，又是一点好处都没有”的写法是前不见于中国小说史的。此其二。

其缺点既反映了芸芸众生的弱点，其优点也是芸芸众生虽非人皆有之而却可以企及的，因而当人们笑猪八戒的缺点时，心里却在笑自己灵魂深处的隐私，却在笑世人的劣根性，却在笑一个时代的人性的弱点。这就是我所看到的《西游记》中猪八戒这一形象的审美价值和作者的苦心孤诣，这种源出于作者苦心孤诣的人物形象的审美精神是前不见于中国小说史的。此其三。

然而，更需注意的还是：《西游记》中的猪八戒的思想性格，主要是通过孙悟空对他作弄以及他对孙悟空的反作弄

第三十二回·平顶山功曹传信 莲花洞木母逢灾

第二十二回·八戒大战流沙河 木叉奉法收悟净

来显示的。他俩的性格完全相反，而又是天造地设的最佳搭档。一个身材瘦小，一个体态粗胖；一个怀抱理想，一个沉于世俗；一个见事凭胆识，一个作事靠经验；一个勇往直前，一个瞻前顾后；一个爱战劲敌，一个好扫小妖；一个尚名不图利，一个图利不尚名；一个情田鞠草，一个欲海扬波；一个喝风呵烟，一个食肠如壑；一个机敏诙谐，一个质朴憨直；一个好使促狭，一个好弄狡黠；一个伶牙俐齿，一个笨嘴笨舌；一个以不干脏活累活为尊，认作清高，一个以长于耕田耙地为荣，视为能耐；一个处处流露出市民气质，一个在在反映着小农心理。《梦粱录》云："杂扮或曰杂班，又名纽元子，又谓之拔和，即杂剧之后散段也。顷在汴京时，村落野夫，罕得入城，遂撰此端，多是装为山东河北叟以资笑端。"可见这种市民对农民的捉弄以及农民对市民的反作弄之结对子形式，在艺术表现中是由来已久的。《西游记》只是对它作了长足发展而已。然而，这一发展却给这取经小家族带来时而和睦、时而不睦的氛围，却使整个作品的情节洋溢着令人忍俊不禁的喜剧情趣，从中也就举重若轻地刻画了人物性格。其性格的丰富性和幽默性是塞万提斯笔端的堂·吉诃德和桑丘形象所难以比拟的。堪谓迨《西游记》出，中国小说史上始有真正的喜剧作品。其中的种种谑而不虐的喜剧场面，如"八戒巡山"与"孙悟空赌下油锅"，虽非皆为揭示作品主题思想之所需，却乃刻画人物性格所不可缺。不是把构思作品的情节放在第一位，让人物性格作为情节的附丽，而是把刻画人物性格放在第一位，让人物性格去支配作品情节的发展，这又是《西游记》对我国长篇小说叙事结构模式的一大突破。此其四。

纵观猪八戒形象，从某种意义上说，可以把它看作是阿Q的远祖。

沙和尚是循吏的典型

世本《西游记》中的沙和尚，专家们一般都认为形象苍白，不怎么值得研究。因而，当前几部有影响的文学史都没有给他一点篇幅，专题论文就更属凤毛麟角了。

实际上，这一形象虽不及孙悟空和猪八戒形象那么鲜活，却是个颇为成功的艺术典型。只要认真做番考察，便知他的那种显得没有任何个性特点，其本身就是一种鲜明的个性特点。这在文学作品中是最难刻画的形象，非大手笔是刻画不好的。所以，也就比较难以研究，而不是不怎么值得研究。

当知世本《西游记》中的沙和尚，昔日玉帝的侍臣，成了唐僧的贴身侍卫，这一职守是心高气傲的孙悟空所不屑干，憨直愚笨的猪八戒所干不了的，只有沙和尚其人堪称材得其用。

首先，他是个唯法是求的苦行僧。

请不要忘记：世本《西游记》写唐僧西行求法，事关

“法轮回转，皇图永固”：象征着一项了不起的事业。

一遇重大困难，猪八戒就嚷嚷，叫沙和尚回流沙河，照旧吃人度日，他仍回高老庄，“回炉做女婿”。孙悟空实际上也不是没有回花果山的念头，用他自己的话来说，就是：只因头上戴着紧箍，“恐本洞小妖见笑，笑我出乎尔反乎尔，不是个大丈夫之器”，所以才没有回水帘洞，“称王道寡，耍子儿去”。唐僧虽无半途而废之念，但亦常作乡关之思，且行程日益远，感伤情绪日益甚。这种心为尘缘所绾，实乃六根未净的反映。既无散夥之念，又无乡关之思，心不旁骛，笃而行之，宁静淡泊，矢志西行求法者，唯沙僧一人而已。

孙悟空一路炼魔降怪，图名不图利。猪八戒一路所作所为，图利不图名。纵然是圣僧唐三藏，其所以矢志西行，用他自己的话来说，亦“大抵是受王恩宠，不得不尽忠以报国耳”。这种心为名利所牵，亦乃六根未除的反映。既不为名，又不为利，心无二念，忠于厥职，淡泊宁静，但求证果西天者，亦沙僧一人而已。

孙悟空是由于大闹天宫而被如来压在五行山下的，但西行路上的他却依然保持着昔日的那种“老孙派头”，甚至只要谈起当年的大闹天宫，便总是那么神采飞扬，骄傲自得不已。猪八戒本堂堂天蓬元帅，只因蟠桃会上酗酒戏了嫦娥被玉帝贬下凡尘托生猪腹，可他虽入沙门，“保圣僧在路，却又有顽心，色情未泯”，甚至一见嫦娥，便情不自禁地抱住道：“姐姐，我与你是旧相识，我和你要子儿去也。”圣僧唐三藏呢？“灵通本讳号金禅：只为无心听佛讲，转托尘凡苦受磨，降生世俗遭罗网。”然而，他的乡关之思和感伤情调，恍若他的矢志西行全然是在为造福生灵、造福社稷而作出努力和自我牺牲似的。凡此，说明他们的西行求法，其行动的本身虽有自我“赎罪”的一面，可思想上的自我赎罪感却微乎其微。沙和尚则不然：

> “师兄，你都说的是那里话！我等因为前生有罪，感蒙观世音菩萨劝化，与我们摩顶受戒，改换法名，皈依佛果，情愿保护唐僧上西方拜佛求经，将功折罪。今日到此，一旦俱休，说出这等各寻头路的话来，可不违了菩萨的善果，坏了自己的德行，惹人耻笑，说我们有始无终也！”

只有虔诚至极的宗教徒，才会有如此浓烈的赎罪意识，而正是这种赎罪意识（实即道德上的自我完善）使他泰然自若地直面九九八十一难。

其次，他是个唯师是尊的苦行僧。

孙悟空好以锄恶作为行善，所以遇妖怪就打，见草寇也杀，而把唐僧的教诲“千日行善，善犹不足；一日行恶，恶自有馀”当作耳边风。猪八戒好卖弄威风，显显能耐，所以一见小妖举钯就筑，也不讲什么慈悲不慈悲。沙和尚却不然，他自秉沙门，从不肯轻易杀生。书中只正面写他杀死过一个妖魔，那就是花果山变成他模样的猴精，甚至还曾写他为如意真仙求情，望着孙悟空喊道：“饶他罢！饶他罢！”足见，他在思想上虽不反对孙悟空的以锄恶作为行善，但在行为上却不敢有忘佛门教义以及唐僧的教诲，因而不到怒火中烧时绝不去一开“杀戒”，“打退群妖”也就算了，尽管他的武艺乃猪八戒之亚匹。

正因为孙悟空好以锄恶作为行善，乃至成为他的立身之道，而唐僧却“直迷了一片善缘，更不察皂白之苦”！所以唐僧曾以“凶恶太甚”为由而两次怒逐孙悟空。沙和尚都一旁站着，缄口不言。论原因，显然有三：

一是，认为“尸魔”纵然是妖怪，驱之即可矣！草寇虽是不良，“到底是个人身”，更不该打死。孙悟空又心高气傲过甚，说话口气欠当，因而“亦有嫉妒之意”。

二是，只知“兄若不得唐僧去，那个佛祖肯传经与你”！还认识不到“那长老得性命全亏孙大圣，取真经只靠美猴精”。

三是，深知唐僧不只好刚愎自用，而且“耳根罢软”，正在盛怒之下，猪八戒又在一旁煽风点火，审时度势，说亦无用，也轮不到自己多嘴插舌，不如装愚守拙，明哲保身。

因而，甚至唐僧叫他从包袱内取出纸笔写“贬书”，他亦默默地照办不误。

凡此，不只反映了他的平凡而“面弱”，也反映了他的明智而沉稳；不只反映了他的思虑虽周而对孙悟空还缺乏真正认识，也反映了他的“唯师是尊”乃他的“唯法是求”之另一种表现形式。

然而，“嫉妒”作为一种意识，是人性的弱点，灵魂的蠹虫，芸芸众生几人能免之？面对孙悟空的天马行空，沙和尚虽曾“亦有嫉妒之意”，却能迅即自我克服，因而不仅始终没有去干扰孙悟空的建功立业，反倒在全力助成，这就使他不失为是个正派的人、高尚的人、有益于取经群体的人。

再次，他是个唯和是贵的人。

取经人中最了解也最能体贴唐僧的，是沙和尚。他知唐僧好刚愎自用，拗是拗他不过的，便来个顺其自然，尊敬不如从命。这一点，第七十二回有集中描写。正值春光明媚，前面是小桥，流水，人家。唐僧道：“平日间一望无边无际，你们没远没近的去化斋，今日人家逼近，可以叫应，也让我去化一个来。”不言而喻，这是唐僧的豪兴，且情出于一种父辈对子辈的慈爱和慰抚。可孙悟空却不同意，说：“你要吃斋，我自去化。俗语云：‘一日为师，终身为父。’岂有为弟子者高坐，教师父去化斋之理！”猪八戒也不赞成，说：“古书云：‘有事弟子服其劳。’等我老猪去。”唯沙和尚在旁笑道："师兄，不必多讲。师父的心性如此，不必违拗。若恼了他，就化将斋来，他也不吃。"一个是"有心栽花花不发"，一个是"无意插柳柳成荫"。三人跟随唐僧十四年，行程十万八千里，好我行我素的孙悟空固然常被咒念紧箍，喜卖乖弄巧的猪八戒也常遭厉颜斥责，唯默而侍之的沙和尚却始终未落一詈辞，其深层原因恐怕亦在于此吧！

取经人中最尊重也最爱护孙悟空的，也是沙和尚。他对孙悟空和唐僧之间的矛盾是一清二楚的。尽管他的立身之道不同于孙悟空，并不完全赞成孙悟空的锄恶务尽，但他知道孙悟空的横扫妖魔是为了保护唐僧与取得真经。所以，他不仅没有向唐僧进过半句诂言诂语以博得宠信，相反地，只要知其可为，便总是苦谏唐僧不要咒念紧箍。比如，路过号山，红孩儿两次变作红云，想捉唐僧。孙悟空一会将唐僧推下马，说是妖怪来了，一会又扶唐僧上马，说是过路妖怪。唐僧大怒，认为孙悟空在捉弄人，"哏哏的，要念《紧箍儿咒》"，就是多亏"沙僧苦劝"方罢。他对孙悟空和猪八戒之间的纠葛，从不介入，只在必要时调解调解。也和孙悟空、猪八戒开点玩笑，但从未伤过和气。不像孙悟空那样动辄使促狭叫"呆子"出洋相，也不像猪八戒那样把"撺掇师父念《紧箍儿咒》"当作"耍子"，以致弄得彼此"有些不睦"。他对孙悟空的智慧和神勇膺服不已，但对孙悟空的“暴躁”也常施之以柔克刚。比如，“镇海寺心猿知怪”，孙悟空中了地涌夫人的分身计，回来不见了唐僧，竟将一腔怒火发到猪八戒与沙和尚身上：

> 也不管好歹，捞起棍来一片打，连声叫道：“打死你们！打死你们！”那呆子慌得走也没路；沙僧却是个灵山大将，见得事多，就软款温柔，近前跪下道：“兄长，我知道了。想你要打杀我两个，也不去救师父，径自回家去哩。”行者道：“我打杀你两个，我自去救他！”沙僧笑道：“兄长说那里话！无我两个，真是‘单丝不线，孤掌难鸣’。兄啊，这行囊、马匹，谁与看顾？宁学管鲍分金，休仿孙庞斗智。自古道：‘打虎还得亲兄弟，上阵须教父子兵。’望兄长且饶打，待天明和你同心戮力，寻师去也。”

一席话说得孙悟空心悦诚服。这哪里是“情求”，分明是“理喻”！句句说在点子上，而且又是那么有理，有利，有节。好一个柔中有刚、言必中的的沙和尚！

取经人中最理解也最能体谅猪八戒的，还是沙和尚。他知道：“远路没轻担”，挑担是很辛苦的。因而唐僧教他挑一肩，他固然挑一肩；猪八戒让他挑一肩，他也愉快地接过担子。这就从行动上团结了好要小心眼的猪八戒。他对猪八戒的动辄闹“散夥”压根儿是不赞成的，却不像孙悟空那样一听就恼火，开口便骂，举棒想打，以致加深兄弟间的不睦。他总是抓住猪八戒愚笨呆直而又自尊心很强这一特点，把自己也摆进去，予以软款温存地劝说：

> “二哥，你和我一般，拙口钝腮，不要惹大哥热擦。且自换肩磨担，终须有日成功也。”

孙悟空听了固然感到舒服，猪八戒听了也比较容易接受，从而消弭了可能引起的纠葛。

世界上的事最复杂的当莫过于人际关系，凡有人群的地方就有矛盾，所谓“团结就是力量”者，盖亦极言实现团结之难也。要想到达西天取回真经，没有一个取经人的内部团结是不行的。这一团结工作，猪八戒没有去做，孙悟空没有去做，唐僧也没有去做，沙和尚在默默侍候唐僧的同时却默默地做了，真是功莫大焉！

“一人有福，带挈一屋”，这是沙和尚在朱紫国合药时所说的一句话。真乃甘居人下而胸有全局之人也！

最后，他还是唯正是尚的苦行僧。

“正”，是具体的，不是抽象的。世本《西游记》中，其具体标准是：行止是否有益于取经事业，以及是否符合公理和传统美德。

诚然，面对唐僧和孙悟空的冲突，沙和尚一般都是唯尊是从。然而，其所以如此，那是由于他认为："兄若不得唐僧去，那个佛祖肯传经与你！却不是空劳一场神思也?"更何况，只要知其可为，他必竭力苦谏唐僧不要咒念紧箍。所以，他的这种唯尊是从，不可谓之不正，而正见其胸有大局。

诚然，面对孙悟空和猪八戒的纠葛，沙和尚一般也是唯尊是从。然而，其所以如此，那是由于他认为：要到西天，"只管跟大哥走，只把功夫捱他，终须有个到之之日"，更何况，猪八戒与孙悟空的有些不睦，理又往往都在孙悟空这一边。所以，他的这种唯尊是从，也不可谓之不正，而正见其绝不平庸。

论者都认为世本《西游记》两次写唐僧逐走孙悟空，是在写唐僧，是在写孙悟空，是在写猪八戒，结合后面的情节看问题，是在写没有孙悟空，取经人寸步难行。这无疑是正确的，然而只是浅层次上的问题。实际上这是种神来之笔，其真正用意，是腾出笔来集中写沙和尚与猪八戒的品格。一是以写猪八戒为主，一是以写沙和尚为主。何以言之？还是让我们来看事实吧：

"圣僧恨逐美猴王"，引出的是"黑松林三藏逢魔"以及捎书宝象国，引出的是沙和尚降妖被捉以及"猪八戒义激猴王"。黄袍老妖将沙和尚擒入波月洞，咄的一声道：

“沙和尚！你两个辄敢擅打上我们门来，可是这女子有书到他那国，国王教你们来的？”捆在地上的沙和尚，见妖精凶恶之甚，把公主掼倒在地，持刀要杀。心想：

> “分明是他有书去。——救了我师父。此是莫大之恩。我若一口说出，他就把公主杀了，此却不是恩将仇报？罢！罢！罢！想老沙跟我师父一场，也没寸功报效；今日已此被缚，就将此性命与师父报了恩罢。”

遂编了一套谎，并喝道：“此情是实，何尝有甚书信？你要杀就杀了我老沙，不可枉害平人，大亏天理！”直到孙悟空打到洞口，百花羞来给他解绑时，他还说：“公主，你莫解我：恐你那怪来家，问你要人，带累你受气。”没想到吧？平素“囊突突”的沙和尚，如此壮怀激烈，真有一种侠义精神！

“道昧放心猿”，引出的是假孙悟空将唐僧打昏在地，抢去两个青毡包袱，引出的是沙和尚去花果山讨行李，打死变成自己模样的猴精，冲出重围去南海告请观音菩萨：

> 拜罢，抬头正欲告诉前事，忽见孙行者站在旁边，等不得说话，就掣降妖杖望行者劈脸便打。这行者更不回手，彻身躲过。沙僧口里乱骂道：“我把你个犯十恶

> 造反的泼猴！你又来影瞒菩萨哩！”

观音让孙悟空跟沙和尚同去水帘洞辨个真假，二人纵起两道祥光，离了南海：

> 原来行者筋斗云快，沙和尚仙云觉迟，行者就要先行。沙僧扯住道：“大哥不必这等藏头露尾，先去安根。待小弟与你一同走。”大圣本是良心，沙僧却有疑意。真个二人同驾云而去。

想到吗？平素“面弱”和“唯尊是从”的沙和尚其义愤填膺和铁面无私如此，真有一种大义灭亲精神。

凡此说明：世本《西游记》中的沙和尚，其立身也，唯法是求，唯师是尊，唯和是贵，唯正是尚；其为人也，罕言寡语而思虑周密，处事审慎而外圆内方，宁静淡泊而坚韧不拔，无贪无瞋无烦恼而有爱有憎有原则，甘居卑位而胸怀大局。盖因其在书中五行属土，作者便有意以土喻之，不只谓其是个“晦气色脸的和尚”，还将其性情写成像土一样的中和，像地气一样的吐温，而执着于默默中作出奉献，使之不只以自己的智慧和才干全力地卫护着唐僧西行求法，还以自己的一片丹心维系着取经群体的内部团结，成为这一取经群体的另一种精神脊梁而与横扫妖魔的孙悟空相匹。但就其思想性格的总体特点来说，当属品位不高的循吏的典型，故作者不只爱之，亦且敬之，通书几未下一谑辞者唯对斯人一人而已。

由此可见，以唐僧的固执，孙悟空的好胜，猪八戒的愚拙，其所以皆能听进沙和尚的劝告，当不只由于他说话公道，更由于他立身极正，实在是唐僧的好“副官”。

假若把神学问题化为世俗问题，那么，则不难看出，沙和尚当是个品位不高的循吏的典型。这就难怪作者要将其写成被贬入尘寰而却未经转胎的卷帘大将了，盖亦有以讥刺玉帝即人间最高统治者常因小过而黜人才也。

实际上，世本《西游记》也是部藉神魔以写人间的作品。“三年清知府，十万雪花银”，还算是清官呢！没有一点苦行僧精神是当不了循吏的，更当不了品位不高的循吏！

作“清官”尚易，为“廉吏”尤难。

唐僧弟子的血统问题

研究唐僧弟子的原型问题，可以有两种方法：一是，着眼于《西游记》中人物形象的某些主要特点，而致力于从中国神话传说、印度史诗和佛经故事中去寻求与之有相似之点的形象，以论定其原型是否是“舶来品”，这是种以横向求索为主的研究方法，它已几成“五四”以来研究者的思维定势。二是，着眼于宋元以来人物形象自身的演化轨迹，而致力于以中国神话传说的有关形象为文化渊源而从释道二教的相关故事中去讨源，以论定其原型是否是“舶来品”，这是种以纵向求索为主的研究方法，它是我所采用的。因为，我认为对这一课题的研究，不适宜用横向比较的方法，而适宜用纵向辩证的方法。

早在二十年代初叶，鲁迅在《中国小说史略》中就认为孙悟空的形象是由李公佐《古岳渎经》里的“形若猿猴”的淮涡水神无支祁演化而来的，理由是二者的“神变奋迅之状”相若，这就是“国产”说的由来。鲁迅的这一说法是难以令人信服的，因为“神变奋迅”乃不少猴精的特点，又怎能断定独无支祁是孙悟空的原型呢？论“神变奋迅之状”与孙悟空最相类者，当数印度史诗《罗摩衍那》中所写的猴子国大将哈奴曼；所以胡适在《中国章回小说考证》里认为孙悟空乃哈奴曼在中国的变形，这就又产生了所谓“进口”说。当时赞同此说者有郑振铎和陈寅恪，致与“国产”说相比占压倒性优势。其实，胡适的这一看法倒是难以成立的，因为传奇传奇当越传越奇，可《取经诗话》里的猴行者却只是个略具神通的猕猴王，其“神变奋迅之状”与孙悟空相差远甚。既然孙悟空的神通乃是随着其形象的演化而演化的，又怎可无视其前身猴行者神通的大小而认定哈奴曼是其原型！叩其两端而执其中者，是产生于三中全会以后的“混血”说。该说的代表作，是萧兵的长篇论文《无支祁哈奴曼孙悟空通考》（见《文学评论》1982 年第 5 期）。它一方面把哈奴曼与孙悟空作了全面比较，以说明两个形象之间的继承关系；一方面详细考索了无支祁神话故事的演化过程，以阐明它对孙悟空形象的影响。凡是孙悟空与哈奴曼或无支祁的相似之点，萧兵称之为顺向继承；凡是孙悟空与哈奴曼或无支祁的迥异之点，萧兵称之为逆向继承。然而，这么一“顺”二“逆”地把问题予以一一坐实，反倒令我更大惑不解。好像《罗摩衍那》在中国不仅早有汉文全译本，而且哈奴曼的故事至晚在两宋以前已家喻户晓；

好像以“取经烦猴行者”为其特征的取经故事不是滥觞于人民群众的口头传说或某“俗讲”僧人的个人草创，而是来自一位专治哈奴曼与无支祁故事的文人学士的精心创作。可文史资料特别是情节简朴而语言粗糙的《取经诗话》却在证明：这绝不是事实！况且，正如吴晓铃所说：“想象从释典翻译文学的夹缝里挤进来的一点点的、删改得全非本来面目的《罗摩延书》的故事片段竟会影响到《西游记》故事的成长，也是根本不可能的事情。”（吴晓铃《〈西游记〉和〈罗摩延书〉》，载《文学研究》1958 年第 1 期。《罗摩延书》又译《罗摩衍那》）显而易见，自鲁迅以来的研究者，他们在探讨孙悟空的原型时有个共同的失误，就是：没有将《取经诗话》里的“猕猴王”和《西游记平话》里的“老猴精”置于不可逾越的位置，当然也就没有沿着宋元以来孙悟空形象演化的自身轨迹去求索其原型。

要知道，中国虽不是以产猿猴著称的国家，可自古以来却流传着许多猿猴故事。论大原因，一是起于古代的神话传说，二是起于民间的闻奇述异，三是起于道教的藉以宣扬金丹玉诀，四是起于佛教的藉以弘扬禅门心法。前二者可以成为后二者的来源，后二者又可以在思想上混一而有主导面的不同。如果孙悟空形象的原型是个“国产品”，则这类故事便是它的文化渊源；如果孙悟空形象的原型是个“舶来品”，则这类故事便是它得以生根的文化土壤。所以，中国文学史上出现了孙悟空虽有其必然性，却不能由此而论定他是中国血统。

要知道，打着宗教思想烙印的猿猴故事，这在我国，佛教的居少数，道教的居多数。《太平广记》卷第四百四十四至卷四百四十六共录猿猴故事凡二十五条，其中明显打着道教思想印记的有十一条，打着佛教思想印记的仅四条，便是明证。若就其所述猿猴成精的由来而论，二者的基本区别是在于：佛教倡导“众生皆有佛性”，成精的猿是“听经猿”，如张读《宣室志·杨叟》中的胡僧，裴铏《传奇·孙恪》中的袁氏，便都是得“释氏之术”的猿猴。道教崇尚“金丹玉诀”，成精的猿是“修炼猿”，如王嘉《拾遗记·周群》中的与天同寿的白猿，无名氏《补江总白猿传》中的年已千岁的白猿，便都是得金丹奥旨而“千年成器”。孙悟空的原型会不会是这释、道猴精之一呢？《取经诗话》里的猴行者已“两万七千八百岁”，曾“九度见黄河清”。《西游记》杂剧里的孙行者说自己“一自开天辟地，两仪便有吾身”。《西游记平话》将孙悟空的来历说得更直接：“西域有花果山，山下有水帘洞，洞前有铁板桥，桥下有万丈涧，涧边有万个小洞，洞里多猴，有老猴精，号齐天大圣。”《西游记》里的孙悟空，经访仙学道、心性修持，获得“与天同寿真功果，不死长生的大法门”。问题的根本是在于：佛教认为肉体是要死亡的，灵魂可证果西天；只有道教才讲什么

“与天同寿，不死长生”。既然孙悟空身上的“文化基因”如是，则他的原型当属道教文化系统的“修炼猿”，而不属佛教文化系统的“听经猿”，明矣！

要知道，佛教文化系统的“听经猿”和道教文化系统的“修炼猿”，二者的品性基本上是相反的。原因是：佛教强调“佛法平等”，认为众生“听经”皆可唤起其自身的“佛性”觉醒，所以“听经猿”绝大多数是善的，一般呈现为正面形象，如《太平广记》所录打着佛教思想印记的四篇猿猴故事，除了《崔商》中化为尼众的猴精略有诱淫之嫌外，其他三篇中的猴精便莫不是正面形象。道教比较注意贵贱之伦，人兽之界，而“修炼”又离不开服食采补之术，采补就包括获取人的“元阳”与他人修炼的灵丹等等，所以“修炼猿”绝大多数是恶的，一般呈现为反面形象，其中有性喜吃人的猴精如《灵保集·薛放曾祖》里的两个猴妖，有荒淫成性的猴精如《补江总白猿传》里的白猿，有偷窃仙品的猴精如苏轼《杨康公有石，状如醉道士，为赋此诗》所写“窃饮茅君酒”的猴王。孙悟空的品性当然是善的，其原型呢？《取经诗话》里的猴行者，曾偷吃西王母仙桃十颗，西王母将其捉下配至花果山紫云洞，成为“八万四千铜头铁额猕猴王”；而“铜头铁额”乃好为非作歹的蚩尤兄弟的特征，又可想见其在当猕猴王时的“喜时攀藤揽葛，怒时搅海翻江”。《西游记平话》里的孙悟空，“神通广大，入天宫仙桃园偷蟠桃，又偷老君灵丹药，又去王母宫偷王母绣仙衣一套，来设庆仙衣会”。《西游记》杂剧里的孙行者，不只偷过“王母仙桃百颗”，盗过“太上老君炼就金丹”，窃过“玉皇殿琼浆”，还贪淫好色，“金鼎国女子我为妻”，还性喜吃人，甚至想吃救命恩人唐僧：“好个胖和尚，到前面吃得我一顿饱，依旧回花果山。”《西游记》里的孙悟空，其出身已由宗教故事中的“老猴精”演化为神话故事中的“天产石猴”，可依然是“盖天下有名的贼头”。还有，第二十七回写孙悟空云：“老孙在水帘洞里做妖魔时，若想人肉吃，便是这等”。第四十三回写观音云：“你见我这龙女貌美，净瓶又是个宝物，你假若骗了去，却那有工夫又来寻你?”说孙悟空吃人和好色，当属世本祖本的遗踪。既然孙悟空身上的“文化基因”又如是，则他的原型当不可能来自佛教文化系统的“听经猿”，而只可能来自道教文化系统的“修炼猿”，更明矣！

还要知道，中国的猿猴故事最红火的，还不是无支祁故事，而是白猿故事。该白猿始见于《吕氏春秋》卷二十四“当赏”，演化为《吴越春秋》中明“手战之道”的白猿，演化为《拾遗记》中博学多能的白猿，演化为《补江总白猿传》中“来去如闪电”而“夜就诸床嬲戏”的白猿，演化为《陈巡检梅岭失妻记》中“神通广大，变化多端，……兴妖作法，摄偷可意佳人”而别号“齐天大圣”

的白猿，最后又演化为《时真人四圣锁白猿》中须“时真人四圣”合力方能擒之的烟雾大圣，《二郎神锁齐天大圣》杂剧中须二郎神亲自出马方能擒之的齐天大圣。这一演化过程全然是在道教文化系统的轨道上运行的，它对宋元以来孙悟空形象的演化所产生的影响也是显而易见的。然而，更为重要的是：《西游记》中的齐天大圣孙悟空的原型问题，说到底，是《取经诗话》中的“白衣秀才”猴行者的原型问题。王嘉《拾遗记》写助禹凿龙门的“豕”，当其化为人形，是“著玄衣”，“玄衣”显然是“豕”毛色的衣装化。据此，“白衣秀才”当理解为“身穿白色衣服而有优异才能的人”，“白衣”乃猴精幻化为“秀才”前的毛色。则孙悟空的原型乃道教猿猴故事的白猿精，亦明矣！

正是基于上述几个方面，我认为孙悟空的形象是孕育于道教猿猴故事和神仙方士故事的凝聚，其血管里最早流的是中国道教思潮的血，其原型是地地道道的“国产猴”，而且可谓老牌的“国货”。

猪八戒的血统呢？尽管《西游记》杂剧明明说他是“搭琅地盗了金铃，支楞地顿开金锁”，走入下界为妖的“摩利支天部下御车将军”，即所谓“金色猪”，尽管季羡林先生公然认为：“连猪八戒这个人物形象都可以在佛典里找到它的副本。”（季羡林《〈罗摩衍那〉初探》第十二章，外国文学出版社 1979 年版）然而我却以为问题还可以商榷。

现在就让我们结合中国有关猪的文化传说，考察一下猪八戒的原型问题。

中国猪的文化传说中的猪神或猪精具有四大特点：一是，主沟渎是其最高职能，如《史记·天官书》将猪说成“水畜”，道是“奎曰封豕，为沟渎”。二是，耽淫欲是其心性癖好，如牛僧儒《玄怪录·郭元振》中的猪精乌将军能祸福人，“岁配以女，才无他虞”。三是，肤玄黑是其体貌特征，如《太平广记》卷四百三十九引《集异记》，说张叟有一牝豕化为美女游于李汾庭下，“汾启户视之，乃人间之极色，唯觉其口有黑色”。四是，亦人亦兽是我国神话故事中常见的形象，与猪的形态有相类之处的神怪也是如此，如《山海经·海内经》说颛顼的父亲韩流是“人面豕喙”，这“豕喙”当为豕图腾的遗踪。

《西游记平话》虽佚，但不难考出元代的猪八戒是同时具有这四种“文化基因”的：一是，他是个“黑猪精”，这有《朴通事谚解》所云“黑猪精朱八戒”可证，而《述异记》曰“夜半天汉中有黑气相连，俗谓之黑猪渡河”，亦与“为沟渎”的“封豕”暗合。二是，他是个色胆如天的魔王，《西游记》杂剧不只说他盗走民女裴海棠作压寨夫人，还说他过女人国时偷偷与宫女鸾颠凤倒，这与平话的写法必不相背。三是，他是个“嘴脸似黑炭团”的“黑汉子”，《西游记》杂剧说他的尊容是，“嘴脸似黑炭团，部从似火肉然”，这显然是继承了平话将其作“黑猪精”的写法。四是，他是个“猪首人身”的彪形大汉，这有元代取经瓷枕上其体态可证。

说《西游记》中的猪八戒同时具有这四种“文化基因”，则是显而易见的：其前身是“天河里天蓬元帅”，一也。其“色胆如天叫似雷”，二也。其“黑脸短毛”，三也。其“长喙大耳”，四也。

然而，猪八戒的原型究竟是“黑猪精”，还是“金色猪”呢？应该是“黑猪精”，“金色猪”是冒牌的。何以见得？首先，杂剧写“黑风山”时期的猪八戒，“潜藏在黑风洞里”，“自号黑风大王”，“光纱帽，黑布衫”，“嘴脸似黑炭团，部从似火肉然”；“黑”成了这一形象的鲜明特征，哪有一点“金色猪”的影子，无处不在说明他是个幻变为人形的“黑猪精”。其次，杂剧中的猪八戒是个盗人之女作压寨夫人的魔王，而“印度又无猪豕招亲之故事”（陈寅恪《西游记玄奘弟子故事之演变》，见《金明馆丛稿二编》，上海古籍出版社1981年版），可见他不能是印度佛教文化中的“金色猪”的变相，只能是中国道教文化中的“黑猪精”的幻形。再次，杂剧写猪八戒自云：“诸佛不怕，只怕二郎细犬。”这也分明是地上“黑猪精”的心态，因为二郎神是道教真人中降魔伏怪的英雄，他所出战的一般皆是道教文化系统的恶魔。假若这位“黑风大王”真是什么“金色猪”，难道对其主人摩利支天陛下亦不惧怕？由此可见，所谓“金色猪”只是作者贴在“黑猪精”身上的一纸标签而已！

那么，《西游记平话》明明说“黑猪精朱八戒”，可杂剧却偏要易其姓氏“朱八戒”为“猪八戒”，易其来历“黑猪精”为“金色猪”，却又不去改变其文化属性，这又是为什么呢？答案恐怕只能是：因为明代“当朝天子姓朱”，而作者杨景贤又是明成祖的“语禁”顾问。这不是我的杜撰，明人李诩《戒庵老人漫笔》云：“余家藏旧通报中有正德十四年十二月十九日辰时牌面，其略云：养豕之家，易卖宰杀，固系寻常，但当爵本名，既而又姓，虽然字异，实乃音同，况兼食之随生疮疾。宜当禁革，如若故违，本犯并连当房家小发遣极边卫，永远充军。”正德所以有令如是，个中奥妙显然就在于“朕姓朱”！须知明初的专制更酷，戏剧是要搬演的，“语禁”顾问杨景贤又焉能不顾及“黑猪精朱八戒”与“当朝天子姓朱”问题；最聪明的处理当莫过于将其姓氏由“朱八戒”改为“猪八戒”，将其来历由令人贱视的“黑猪精”改为受人尊崇的摩利支天陛下御车将军“金色猪”，将其造型由滑稽可笑的“猪首人身”改为平头正脸的“黑汉子”（剧中谓其只偶尔在无人处一现原形，平日是个“黑汉子”）。而这，也就是“猪八戒”一名的由来，它在客观上为《西游记》中喜剧人物猪八戒形象的出现提供了某种美学前提。

与“金色猪猪八戒”的标签判然有别，由“黑猪精朱八戒”而“天蓬元帅猪八戒”则是合乎逻辑的演化，它使猪八戒的原型及其文化渊源获得整一。这又是怎么说的呢？首先，天蓬元帅是从道藏衍化出来的，而且从宋元以来就广为人知。这有多种典籍可证：如唐人杜光庭《道教灵验记》云：“太帝是北斗之中紫微上官玄卿太帝君也。上理斗极，下统酆都阴境。帝君乃太帝之所部，天蓬上将即太帝之元帅也。”显然，太帝所理的“斗极”，个中当包括“奎曰封豕，为沟渎”的“奎宿”。如宋末元初人吴自牧《梦粱录》卷八《四圣延祥观》条云：“四圣延祥观，在孤山，旧名四圣堂。《通经》云：‘四圣者，紫微大帝之四将，号曰天蓬、天猷、翊圣、真武大元帅真君。’”注意：天蓬在供奉中位居四将之首。其次，天蓬元帅与河伯有着不解之缘，乃道士们据河伯所造亦未可知。这也有多种典籍可证：《史记·滑稽列传》云：“长老曰：‘苦为河伯娶妇，以故贫。’”则河伯性淫可知。《正义》注河伯曰：“河伯，华阴潼乡人，姓冯氏，名夷。浴于河而溺死，遂为河伯也。”《庄子·大宗师》释文亦引司马彪云：“《清泠传》曰：（冯夷）华阴潼乡堤首人也，服八石，得水仙，是为河伯。”这皆属后起之说，其中最有价值的是说河伯姓冯名夷。盖“冯夷”与“封豕”乃音同而字假，而“封豕”即“封狶”，俗谓大野猪。盖“河伯”乃上古“河洛一带的土著部族”（林庚《天问论笺》

第36页，人民文学出版社1983年版)，而“封豨”是其图腾，故《楚辞·天问》所说的“封豨是射”亦即“射夫河伯”。因而，河伯之演化为黄河水神与封豨之演化为天上职主沟渎的封豕，不妨借一佛家语来形容，曰“理一分殊”，致有河伯名冯夷之说于后世传流。《古典录略》引《孝纬经》云：“黄河者，水之伯，上应天河。”这也是华夏民族的传统看法。正因如此，所以既产生了河伯与封豨的“理一分殊”，又产生了道士们据河伯以造天蓬元帅。这么说，我以为是密合事理的。再次，“天蓬”之名似亦与“奎曰封豕”有关。《海外西经》云：“并封在巫咸东，其状如彘，前后皆有首，黑。”《大荒西经》云：“有兽，左右有首，名曰屏蓬。”郭璞注“屏蓬”云：“即并封也，语有轻重耳。”则“其状如彘”者亦可名之为“屏蓬”，明矣！奎宿又称天豕，则道士们名天河水神为天蓬当不在情理之外，所以这位天蓬元帅也与河伯一样是个好色之人。凡此，也就使福陵山时期的猪八戒，其忆昔也，是个“敕封元帅管天河，总督水兵称宪节”的堂堂天蓬元帅；其视今也，是个“卷脏莲蓬吊搭嘴，耳如蒲扇显金睛”的凶恶吃人魔王。其文化渊源见于此，其为“黑猪精”的原型亦见于此。

正是基于如上理由，我认为猪八戒的原型是道教文化系统的“黑猪精”，而不是佛教文化系统的“金色猪”。他孕育于中国源远流长的猪的文化传说，是货真价实的老牌

“国货”，而绝非“舶来品”，虽曾一度在《西游记》杂剧中因故而被贴上“金色猪”的标签。

不同于孙悟空和猪八戒的原型皆是道教文化中的妖魔，沙和尚的原型是道教文化中的沙漠恶煞。

《取经诗话》中虽无沙和尚，却有沙和尚的影子深沙神。其写深沙神也，一则说他曾两度吃了取经人，宛然是个十足的恶魔；一则说他“一堕深沙五百春，浑家眷属受灾殃。金桥手托从师过，乞荐幽神化却身”。“一堕”云云则又分明说他是个获罪被谪的天将。正是深沙神的这一实际身份暗中规定了沙和尚的出身是似魔而实神这一本质方面。然而，深沙神在堕入深沙前究竟是哪员天将呢？作品却没有写。《西游记》杂剧呢？它发展了《取经诗话》的写法：一则说他曾九度吃了“发愿要去西天取经”的僧人，是个“血人为饮肝人食，不怕神明不怕天”的“水妖”，一则又明白无误地说他“非是妖魔，乃玉皇殿前卷帘大将军，带酒思凡，罚在此河，推沙受罪”。这种对沙和尚来历的写法与元人取经故事的说法必不相背。正因如此，所以《西游记》也是：一则说他“在此间吃人无数”，是个将“九个取经人的骷髅”用索儿穿起来当玩具的“水怪”，一面又言之凿凿地说他不是妖邪，是“灵霄殿下侍銮舆的卷帘大将”，因“在蟠桃会上，失手打碎了玻璃盏”而被玉帝“贬下界来，变得这般模样”。俞樾

《茶香室三钞》卷十九云："国朝段松苓《益都金石记》，唐东岳庙《尊胜经幢》载诸神名，有南门卷帘将军。然则《西游记》衍义，有卷帘大将之名，亦非无本也。"由此可见，沙和尚之由无名天将到卷帘大将这一演化过程全然是在道教文化系统的轨道上运行的，谓其于谪入沙河为妖时好吃人肉亦只不过是道教的"服食采补"说在人们头脑中的深层反映而已。

然而，《西游记》杂剧和《西游记》中的沙和尚，其在沙河为妖时明明皆是水中的妖怪，又为什么说他的原型是沙漠恶煞呢？这就要求我们对《取经诗话》第八则的沙河作过细的考察。要特别注意的是三点：其写沙河的气势也，是"红尘隐隐"，"深沙滚滚"；其写沙河的神灵也，是"一堕深沙五百春"的"深沙神"；其写渡河方法也，是"金桥银线步平安"。"金桥"云云，似乎说那"沙河"是那无边无际的弱水，深沙神乃"沙河"水怪；而"红尘隐隐"云云，又分明说那"沙河"是片极目千里的大沙漠，深沙神乃"沙河"恶煞。好在这里的"沙河"是有所本的，就是《大唐三藏法师传》卷一，写玄奘过玉门关外第四烽，乘危远迈，杖策孤征，其文云："从此已去，即莫贺延碛，长八百馀里，古曰沙河。"却原来"沙河"就是今之戈壁沙漠！旧时的中国是个最严守封建宗法秩序的国家，也是个多神论的国家，认为山有山灵，水有水神。置身于这一文化心态下而又怀有宗教心理的人，当他往下读至玄奘“至沙河间，逢诸恶鬼”时，当更易想象出那主宰沙河统辖诸恶鬼的神灵定然是个恶煞。于是，《取经诗话》之“深沙神”来矣！然而，“金桥银线步平安”的影响却是不可低估的，它藉着人们架桥渡河的经验而最终使“沙河”变成了弱水。于是，随着深沙河由沙漠一变而为《西游记》杂剧中的弱水沙河，再变而为世本《西游记》中的弱水流沙河，沙漠恶煞深沙神也就随之而演化为弱水水怪沙和尚，其共同特点都是头顶一个“沙”字和曾吃取经人，而这正是种血缘上的和秉性上的文化遗传基因，当然是道教的。

正是基于如上几点理由，我认为沙和尚的原型是道教文化所孕育的沙漠恶煞，而不是佛教文化传说中的鬼子母；其血管里流的也是道教文化的血，而不是佛教文化的血，当然不是什么“舶来品”。

白龙马呢？“龙王”的称谓虽然有可能来自印度佛教，如《法华经提婆品》中便有龙王之女成佛的故事，但中国的“龙王”却是充分道教化了的，“四海龙王”等莫不属于道教文化系统的神灵，如李朝威《柳毅传》中的洞庭君便好“与太阳道士讲《火经》”。《大慈恩寺三藏法师传》云：玄奘“在长安将发志西方日，有术人何弘达者，诵咒占观，多有所中。法师令占行事，达曰：‘师得去。去状似乘一老赤瘦马，漆鞍前有铁。’”后果应此占。“术人何弘达”当属袁天纲式的人物。《取经诗话》未言唐僧坐骑的名目而仅言其是“马”。榆林窟《取经壁画》所绘唐僧坐骑“白马”，显然是据中国佛教“白马驼经”传说。将“龙”和“白马”联系起来，今始见于《西游记》杂剧。剧中说白龙马的来历是：“南海沙劫驼老龙第三子。”这是旨在取义于道教所谓“南方丙丁火”，以说明白龙马是条“火龙”。《西游记》说白龙马的来历是：“西海龙王敖闰之子。”这是旨在取义于道教所信奉的西方之神白虎的色征，以说白龙马是条“玉龙”。当我们对唐僧的坐骑作一面面观之后，结论恐怕只能是：纵然那“龙王”是从印度佛教舶来的，这白龙马也是中国道教文化所造。其原型当孕育于我国古代的似马而实龙的龙马传说。《礼记·礼运》“河出马图”孔颖达疏引《尚书中候·握河纪》云：“伏羲氏有天下，龙马负图出于河。”况且，李白《白马篇》有句云：“龙马花雪毛，金鞍五陵豪。”白龙马早就呼之欲出了！

正因如此，所以我认为白龙马的血统也是中国道教的，而不是从印度佛教舶来的，其远祖是那“负图出于河”的似马而实龙的灵怪。

一言以蔽之，唐僧诸弟子的原型皆非舶来品，皆属中国道教文化血统（详见拙著《西游记考论》之《论孙悟空形象的演化》、《论猪八戒形象的演化》、《论沙和尚形象的演化》，黑龙江教育出版社 1997 年版)。没有中国道教文化，就没有以“取经烦猴行者”为标志的唐僧取经故事，就没有世界文库中的文学巨著《西游记》。

唐僧弟子的“由道入释”

唐僧弟子的原型皆来自道教的“灵怪”故事，本属道教文化血统，其所以皆一一“由道入释”，这不是偶然的，它既反映了释道二教思想在人们头脑中的争雄，又反映了释道二教思想在人们头脑中的圆融。可旧时国人的心灵却基本上是个儒教王国，当然不可能不对此作出干预；不同历史时期的社会思潮，当然也不可能不对此给予影响。其结果，是使宋元取经故事的集成之作《西游记》呈现出多元文化特征。这可以从如下几方面看问题：

其一，释道二教思想的争雄，说到底，是道教的“金丹玉诀”说和“人兽之界”观念与佛教的“禅门心法”说和“佛法平等”观念的争雄。一个说：修炼采补吧！禽兽修炼采补都可长生不老，成妖成怪，人修炼采补而不成仙者，则古来无仙矣！妖魔诚然可恶，而道法比魔法更高！一个说：修心养性吧！妖魔一念真如都能达到涅游，证果西天，人一念真如而无达涅游者，则古来无佛矣！道法虽高于

第十八回·观音院唐僧脱难 高老庄行者降魔

第八十八回·禅到玉华施法会 心猿木土授门人

魔法，而佛法又高于道法！其思想影响所及，便出现了中国古代神魔故事的两类作品：一类是道教妖魔故事中的妖魔终为方士或真人所锁，这是反映了前一宗教思潮的作品；一类是道教妖魔故事中的神通广大的魔王或由于为真人所锁而为僧行所救或由于其自身的佛性因听经而日渐觉醒遂“弃道从释”，这是反映了后一宗教思潮的作品。它们在博取社会的信奉上，则可谓是“各为其主”。

因听经闻法而“由道入释”的魔王，可以元人无名氏《龙济山野猿听经》杂剧中的猿精作例证。他是个“显神通变化多般，施勇跃心灵性巧”的“道妙灵仙”。自云：“我我我也曾在瑶池内偷饮了琼浆，我我我也曾在蓬莱山偷摘了瑞草，我我我也曾在天宫内闹了蟠桃。神通不小，只为我肠中有不老长生药。”可见他是个盗服“仙品”而成精的地道“修炼猿”！然而，“成真”了没有呢？没有。虽然“在此山中千百馀年”，且能变成书生模样，却连“地仙”都不够格，依然是个“怒时节海浪洪涛，闲时把江湖搅”的林中“妖仙”。其后呢？因“常与修公禅师听经闻法，了然大悟，就于野塘秋水漫，花坞夕阳寺中坐化，正果归空”。除却了轮回六道，到西方雷音寺“成真证果”。

因被神佛所锁而“由道入释”的妖魔，可以唐人李公佐《古岳渎经》中的无支祁作例证。他实际上是作者所创造的“形若猿猴”的雄性水怪，为大禹锁在龟山足下以永使淮水安流入海。早在陶弘景所撰的《真灵位业图》中禹就被拉入道教神谱，李公佐又假小说家言说《古岳渎经》是他与道者周焦君从石穴间探得的“文字古奇”的“仙书”，可见无支祁的血统无疑是属道教文化血统；他是“怪”，不是“神”，否则大禹不会将其“锁”于此。然而，两宋以来关于无支祁的传说，却众说纷纭，莫衷一是。苏轼《濠州七绝·涂山诗》云：“川锁支祁水尚浑，地理汪罔骨应存。樵苏已入黄能庙，乌鹊犹朝禹会村。”苏辙《和子瞻泗州僧伽塔》诗云：“清淮浊汴争强雄，龟山下瞰支祁宫。”龟山足下居然出现了“无支祁宫”，说明当地居民早已将无支祁作为淮河水神在供奉。然而，最有意思的还是，或许由于无、巫、母三字古时基本同音，无支祁音似母支祁吧！三传四传，母支祁成了龟山水母或泗州水母。七传八传，母支祁又出来兴妖作怪。朱熹《楚辞辩证·天问》云：“如今世俗僧伽降无支祁，许逊斩蛟、蜃精之类，本无依据，而好事者遂假托撰造以实之。”但是，不论朱熹以其权威怎么辨证，俚俗相传还是越演越烈。《西游记》杂剧有句云：“若鬼子母将如来圈定在灵山上，巫枝祁把张僧拿在龟山上。不是我魔王苦苦害真僧，如今佳人个个要寻和尚。”“僧伽降无支祁”故事已佚，可能与“巫枝祁把张僧拿在龟山上”有关吧！“‘彼僧伽者，何人也？’对曰：‘观音菩萨化身也。’”（赞宁《宋高僧传》第449页，中华书局1987年版）这倒是最值得注意的。《二郎神锁齐天大圣》杂剧呢？却说：龟山水母是齐天大圣的姐姐，“因水淹了泗州，损害生灵极多，被释伽如来擒拿住，锁在碧油坛中，不能翻身”。令人想到的竟是孙悟空之被如来压在五行山下。

这两类神魔故事是相互辉映的，都在说明真正无边的，是佛法，不是道法。宋元以来孙悟空形象的演化，更集中地说明了这一问题。《取经诗话》中的猴行者，偷仙桃，是个小乱子；神通虽不算小，但不如西王母；可西王母将其拿下，配至花果山，却反倒使其更不守规矩，成了“八万四千铜头铁额猕猴王”；后来所以得成正果，是由于他自身的“佛性”觉醒而与唐僧“同往西天鸡足山”。《西游记》杂剧中的孙行者，本是个集一切“修炼猿”的恶行于一身的凶魔；不只善变化，还会筋斗云；到天宫偷这偷那，以致惊动了玉帝，而为二郎神所擒；但二郎神锁孙行者需托塔天王父子和天兵十万相助，而观音制伏孙行者只需一铁戒箍戒其凡心。《西游记》中的孙悟空，炼就了与天同寿的真功果，又会七十二变；闹了龙宫闹地府，闹了地府又闹天宫，但还是在天兵天将的围剿中为二郎神所擒；而不可不注意的是太上老君和托塔天王父子在二郎神战胜孙悟空过程中的作用，以及锁住之后虽太上老君对其亦无可奈何，可一个筋斗能翻十万八千里的孙悟空却怎么也跳不出释伽如来的手心，反倒被其一反掌压于五行山下，最后又以一个紧箍儿将其彻底制服。由此可见，在宋元以来孙悟空形象的演化过程中有个规律性的东西，就是：其闹天宫的规模是随着其法力和性情的演化而不断增大的，其法力与道法和佛法的关系是三者一层比一层高，其性情则由道教妖魔故事中的老猴精演化为社会个性心灵解放思潮中的弄潮儿。所以，孙悟空这一形象，是孕育于道教猿猴故事的凝聚，发展于释道二教思想的争雄，定型于个性解放思潮的崛起（详见拙著《西游记考论·论孙悟空形象的演化》，黑龙江教育出版社 1997 年版），它本身便具有丰富的文化特征。

其二，孙悟空的“由道入释”是反映了宋元以来释道二教思想的争雄，猪八戒、沙和尚、白龙马的“由道入释”当然也是如此。这种“由道入释”，它一方面造成了道教神魔故事的瑜伽化，一方面又造成了唐代玄奘取经故事的神魔化。二而一，遂又形成了释道二教思想在这一取经故事上的圆融。但是，随着玄奘法师之日益演化为“圣僧”唐僧，其在取经过程中的个人作用却越来越小，其弟子们在取经过程中的群体作用却越来越大而尤以孙悟空为最。这一二律背反，再加上“由道入释”后的唐僧弟子们又依然或多或少地保留着昔日的性情和风貌，便又决定了这种释道二教思想在这一取经故事上的圆融，佛教思想倒是越来越浅层面的，道教思想倒是越来越深层面的。这当是由于中国人的文化心态，最深层面的是儒教，其次是道教，其次是佛教，虽云自唐宋以来“三教合一”。诚然，世本《西游记》对“三清”和玉帝是不恭的；然而，它对道教文化的吸取却甚多。

还是让我们看看《西游记》的有关回目吧。第三十二回“平顶山功曹传信，莲花洞木母逢灾”。第三十八回“婴儿问母知邪正，金木参玄见假真”。第四十回“婴儿戏化禅心乱，猿马刀归（圭）木母空”。第四十一回“心猿遭火败，木母被魔擒”。第四十七回“圣僧夜阻通天水，金木垂慈救小童”。第七十六回“心神居舍魔归性，木母同降怪体真”。第八十五回“心猿妒木母，魔主计吞禅”。第八十六回“木母助威征怪物，金公施法灭妖邪”。第八十八回“禅到玉华施法会，心猿木母授门人”。第八十九回“黄狮精虚设钉钯宴，金木土计闹豹头山”。凡此，皆在明确地以“金”喻孙悟空，以“木”喻猪八戒，以“土”喻沙和尚，谓孙悟空五行属“金”，猪八戒五行属“木”，沙和尚五行属“土”。由此也就告诉我们：书中其所以写唐僧一再回忆当初自己如何遭水困，其所以写玉龙是由于纵火烧了西海龙宫殿上明珠而罪当问斩，主要是旨在点明唐僧五行属“水”，玉龙五行属“火”。正如葛兆光所说：“从神谱结构上来说，道教是一个‘开放’的宗教，它的宇宙理论体系是以‘道——阴阳——五行’为主，兼容八卦、谶纬的一个大杂拌儿”（葛兆光《道教与中国文化》第329页，上海人民出版社1991年版）。凡此说明：这个五人取经小家族，实际上是按道教的宇宙观构想的。这种构想又显然不是始于《西游记》,《西游记》杂剧谓白龙马本是“南海火龙”,便可看出《西游记平话》和《西游记》祖本所写于一斑。由此又可看出道教文化对取经故事发展的推动作用,以及对《西游记》形象体系内部构成的巨大影响。

再让我们看看唐僧弟子的命名问题。在《取经诗话》中,唐僧只有一个神魔弟子,就是充当向导的猴行者;其他五个跟自长安的给侍僧皆属肉眼凡胎。随着取经故事的进一步神魔化,《取经诗话》中的唐僧所骑的凡马变成了白龙马,五个给侍僧和保唐僧过沙河的深沙神合六为一变成了唐僧的贴身侍卫沙和尚,又由于“黑猪精朱八戒”的加入取经行列,遂使元人取经故事中的唐僧有了四个神魔弟子,蔚为一个取经小家族,乃至香火千年。唐僧诸弟子的得名由来呢?孙悟空,当借名于唐肃宗二年西行求法的“释悟空”;“孙”乃“狲”的谐音,“猴”又名“猢狲”。朱八戒,当取义于佛教的“八戒斋”之说,亦有可能借名于唐德宗年间人称“八戒师”的澄观和尚;“朱”乃“猪”的谐音。白龙马,当取象于汉代的白马驼经传说,洛阳的白马寺更是人皆尽知。沙和尚,则得名于他自己的模样像个和尚,而他所以具此模样却由于他在沙河为妖时曾吃了九个取经人而获得了他们的“善缘”;“沙”则袭用了《取经诗话》中深沙神的“沙”。这说明:沙和尚的名字固然渗透了道教的“服食采补”说，孙悟空和猪八戒的名字也反映了释道二教思想的混血。因为孙悟空、猪八戒、沙和尚作为僧侣是不可冠以俗姓的，冠之则表明其“六根未净”；而作为道人则可以，盖由于道教深受儒教的影响而认为“姓”是得自“天地君亲师”的“亲”，所以虽老君亦冠之以“李”姓，“八仙”就更不必说。可见，就在其成员的命名上也反映了这一宋元以来的取经小家族是释道二教文化的合璧，而以道教文化为其主要方面，所以孙悟空常自称“我老孙”，猪八戒常自称“我老猪”，沙和尚常自称“我老沙”，这是佛家不作兴的。

岂但如此，不论《取经诗话》，还是《西游记》杂剧，或者世本《西游记》，三者所写的矛盾冲突虽不尽相同，但有一点却是共同的，那就是：唐僧要往西天取经，妖魔要吃唐僧肉。妖魔为什么想吃唐僧肉呢？为了长生不老！足见，若无道教的“服食采补”说，就不会有作品的这一矛盾冲突的焦点，也就不会有今之世本《西游记》形象体系内部构成的模式。

正因如此，所以唐僧弟子的“由道入释”，并非反映了道教文化对佛教文化的臣服，实反映了释道二教思想的争雄和圆融，其结果是使取经故事的宗教光环成为释道二教思想的合璧，而以佛教思想为表，道教思想为里。

其三，“明德止善，敬我佛门”，这是世本《西游记》

中观音对唐太宗的称许，也是观音对世人的期望。可书中所写的“止善”，却不脱“为人君，止于仁；为人臣，止于敬；为人子，止于孝；为人父，止于慈；与国人交，止于信”（朱熹《四书集注·大学章句》）。——变成了“敬我儒门”。与此相关的是，唐僧弟子的“由道入释”，实际上是在误将孔庙作雷音。

首先，从世本《西游记》中观音何以要给孙悟空头戴紧箍来说。

时贤看《西游记》，好像在孙悟空的通身毫毛上，都闪烁着“劳动人民对统治者坚决反抗的精神”。尽管当论及其思想性时有“市民”说与“农民”说的争雄，而竞相讴歌那金猴的直欲南面而坐灵霄宝殿的反叛思想则一。一则由于观音是“统治者”之一，二则由于唐僧一咒念紧箍就错，所以他们一般都认为观音给孙悟空头戴紧箍并非出于作者的意旨。

笔者看《西游记》，则感到该书的主要笔墨是用在写孙悟空如何为“法轮回转，皇图永固”而奋力降妖伏怪。作品所真正歌颂的并不是作为齐天大圣的美猴王，而是作为斗战胜佛的孙行者。观音与孙悟空的关系，不是统治者与被统治者的关系，而是“伯乐”与“千里马”的关系。作者思想的光辉点与黯淡点，时代精神与历史惰力，交映在他对人性与人才问题的看法上。也就是：一方面，他把自由平等观念看作是天赋予人的“童心”，赞美具有“童心”的“真人”，揶揄儒释道三教混一思想的种种弊端；另方面，他又承认封建宗法的思想和制度的合理性，认为“童心”应接受“常心”的一定制约，期望具有“童心”的“真人”去效力于“法轮回转，皇图永固”。这种在人性和人才观念上离经而在政治观念上并不叛道的思想一以贯穿着全书，由此也就决定了作者要在孙悟空的“由道入释”后给他心爱的主人公头上戴个紧箍以规其入于“正途”，莫再去喊“皇帝轮流做，明年到我家”。

其次，从唐僧弟子“由道入释”后的座次来说。

《取经诗话》中已有猴行者，这就确保了他在尔后取经故事演化中的唐僧大弟子的座位，只是其出身由“老猴精”演变为“天产石猴”而已。

要注意的是，《朴通事谚解》注引《西游记平话》云：“其后唐太宗敕玄奘师往西天取经，路经此山，见此猴精压在石缝，去其佛押出之，以为徒弟，赐法名吾空，改号为孙行者，与沙和尚及黑猪精朱八戒偕往，在路降妖去怪，救师脱难，皆是孙行者神通之力也。”《西游记》杂剧写唐僧收弟子的顺序也是：花果山收孙悟空，沙河收沙和尚，黑风山收猪八戒。足见，在元人取经故事中，沙和尚是唐僧的二弟子，猪八戒是唐僧的三弟子。论原因，显然有二：一是，沙和尚是从《取经诗话》中演化出来的，猪八戒是后加入取经行列的；二是，猪八戒是地上的“黑猪精”，出身微贱，沙和尚是天上的“卷帘大将”，出身高贵。所以，随着沙和尚与猪八戒的座次在尔后取经故事演化过程中的换位，猪八戒的来历也就一跃而成为品级高于“卷帘大将”的“天蓬元帅”下界。世本《西游记》或其祖本即如是写。

更要注意的是，《朴通事谚解》虽未注引《西游记平话》的白龙马，但绝不等于《西游记平话》中无白马，这有元人“取经瓷枕”可证。《西游记》杂剧写唐僧西行，观音是首先为之解决坐骑问题，致有第七出“木叉售马”，然后再写唐僧于途中先后收孙悟空、沙和尚、猪八戒为弟子。而《西游记》写唐僧于途中收弟子的顺序则是：五行山收悟空，鹰愁涧收玉龙，高老庄收八戒，流沙河收沙僧。然而，不论在《西游记》里，还是在《西游记》杂剧里，白龙马在唐僧的弟子中皆居于末位。原因何在呢？显然就在于：白龙马虽本是“小龙王”，可幻形后却成了牲畜！还是陈寅恪说得好：“吾国昔时社会心理，君臣之伦，神兽之界，分别至严。”（陈寅恪《西游记玄奘弟子故事之演变》）只想补说一句：这一社会心理，主要是在儒家文化的熏陶下形成的。

世本《西游记》的作者本是个因对灵霄殿上森严等级秩序不满而被陈元之序中称为“跅弛滑稽之雄”的人物，可他在同一部作品中却既以“法轮回转，皇图永固”作为唐僧弟子“由道入释”后的奋斗目标，又以贵贱之别作为排列这取经小家族成员间座次的一项原则，这目标，这原则，我认为正是“吾国昔时社会心理”在他笔端的深层反映，只不过因题材的关系而使之带上一抹佛教的光环而已，其实佛教倒是以“佛法平等”相标榜的！

其四，从世本《西游记》作者所褒贬的“明德止善”路线来说。

须知，打从孙悟空为观音起用那天起，孙悟空要保唐僧西行取经，西行路上的妖魔要吃唐僧肉，便成为《西游记》中一切矛盾的焦点。面对这一矛盾的焦点，作者又写了两种“明德止善”路线的对照：一种是唐僧的，认为“劝善”就是“惩恶”，而且是最大的“惩恶”；一种是孙悟空的，认为“惩恶”就是“劝善”，而且是最大的“劝善”。这不是一般的思想方法的对照，它反映了在如何对待社会善恶问题上两种公义观念、两种立身之道的不同；而假若结合宋元以来的取经故事作番考察，便不难看出它又是渊源有自的。

宋元取经故事中的唐僧和孙悟空，面对妖魔，一个以“劝善”作为“惩恶”，一个以“惩恶”作为“劝善”，二人各司其职，各尽其能，或降而服之，或荡而诛之，同往西天拜佛求法。这是《取经诗话》写法上的特点，也是《西游记平话》和《西游记》杂剧等写法上的特点。比如，《取经诗话》第八则写深沙神的转变，便是唐僧以“劝善”作为“惩恶”之一证；第六则写白虎精的被诛，便是猴行者以“惩恶”作为“劝善”之一证。

岂唐僧和孙悟空如此，宋元取经故事中的神佛也存在这种职有分工。甚至可以这么说：但凡以取经故事为题材的作品，其形象体系的内部构成有个总体特点，那就是：举凡属于佛教系统的神灵莫不本于以“劝善”作为“惩恶”；举凡属于道教系统的神灵莫不本于以“惩恶”作为“劝善”。所以，观音来了无血影，二郎神一到起杀声。

这不是偶然的。因为，“不杀生”是释门“五戒”首条，唐僧固然是“圣僧”，观音更是“菩萨”，是以只能以“劝善”作为“惩恶”；而道教虽则也讲悲悯，却同时又主张可以献身亦可以杀身，孙悟空的血统固然是道教的，二郎神更是道教的战神，是以可以以“惩恶”作为“劝善”。《西游记》杂剧所写的“十方保官”，其所以有佛教的，有道教的，主要原因亦在此。由此可见，孙悟空虽“由道入释”了，其公义观念和立身之道却一如既往，依然是道家的。

《西游记》实际上继承了宋元取经故事这一写法，其不同之点在于：它对分别体现在唐僧和孙悟空身上的这两种“明德止善”路线给予了某种褒贬。首先，书中是将之作为唐僧和孙悟空不时引起冲突的根由来写的，而作者则明显地站在孙悟空这一边。其次，一次次上当受骗，一次次咒念紧箍，一次次感激孙悟空的棒打妖魔，这就是西行路上的唐僧，而当他最后认同孙悟空的以“惩恶”作为“劝善”之日，却成了他证果西天，加封旃檀功德佛之时。再次，作者写如来加封孙悟空为斗战胜佛，这封号乃借自《佛说佛名经》卷二十，却不见于宋元取经故事，只不过是在用释伽如来这位佛祖的权威肯定孙悟空的“明德止善”路线而已。凡此，也就使宋元取经故事中的这两种“明德止善”路线，由“分工”说而发展为“优劣”论。

然而，这一“优劣”论实际已超越了释道思想争雄的范畴，假若结合孙悟空的以“专救人间灾害”为己任的公义观念和立身之道看问题，则不能不认为他的这种“明德止善”路线已被注入“该出手就出手”的江湖文化的新血液，从而也就使《西游记》呈现出一种足与《水浒传》相匹的江湖文化的特征。其不同之处是在于：蒙受个性心灵解放思潮的有无、作者是否为“跅弛滑稽之雄”，遂使英雄有集体英雄中的一员和个人英雄中的闯将之别。孙悟空的神通和力量既主要而集中地体现在他个人的金箍棒上，则其金箍棒之奋起当然也就成了作者心头的“灵山”。此即世本《西游记》的市民思想和江湖文化之成分尤烈于《水浒传》者也。“解颐之言”，语言风格而已，窃以为不可遽视为“玩世不恭之意寓焉”。（鲁迅《中国小说史略》云：“作者禀性，‘复善谐剧’，故虽述变幻恍忽之事，亦每杂解颐之言，使神魔皆有人情，精鬼亦通世故，而玩世不恭之意寓焉。”）

最后，从世本《西游记》中的“神谕”来说。

西方古代长篇小说作者，他们感到有重要话需说时，好中断情节发议论；中国古代长篇小说作者，他们感到有重要话需说时，喜附会神灵演双簧。因而所谓“神谕”，实即作者的“自谕”。世本《西游记》中的“神谕”也是如此。这用《易·观·象》中的话来说，就叫作“神道设教”。这里，只想讲三点：

一是，藉“神谕”以匡范孙悟空的人生道路。这见于主人公“由道入释”的前后，主要是三次。一次见于第二回“悟彻菩提真妙理，断魔归本合元神”，写菩提祖师逐走孙悟空时叮嘱道：“你这去，定生不良。凭你怎么惹祸行凶，却不许说是我的徒弟。”“定生不良”云云，当指孙悟空后来的以为“强者为尊该让我”，竟然“要夺玉皇上帝尊位”。因此，菩提祖师对其入室弟子孙悟空的这一严厉告诫，实反映了作者从否定性的一面在谈孙悟空的人生道路问题。还有两次是从肯定性的一面谈的。一次见于第八回“我佛造经传极乐，观音奉旨上长安”，写观音见孙悟空说“但愿大慈悲指条门路，情愿修行”。便满心欢喜道：“你既有此心，待我到了东土大唐国寻一个取经的人来，教他救你。你可跟他做个徒弟，秉教伽持，入我佛门，再修正果。”一次见于第十五回“蛇盘山诸神暗佑，鹰愁涧意马收缰”，写具有大无畏精神的孙悟空，当他头戴紧箍认真踏上征程时却临事而惧，观音道：“你当年未成人道，且肯尽心修悟；你今日脱了天灾，怎么倒生懒惰？我门中以寂灭成真，须是要信心正果；假若到了那伤身苦磨之处，我许你叫天天应，叫地地灵。十分再到那难脱之际，我也亲来救你。”说罢，又将三个杨柳叶变作三根救命的毫毛赠与孙悟空，教他：“若到那无济无主的时节，可以随机应变，救得你急苦之灾。”真是惠诲谆谆，有逾骨肉，是开导，也有承诺。自此，孙悟空一心为“法轮回转，皇图永固”而一路荡妖灭怪保唐僧取经。事实上作者真正歌颂的也是作为斗战胜佛的孙行者，并非作为齐天大圣的美猴王！

二是，藉“神谕”以充当孙悟空的公义观念和立身之道的辩护士。要知道，佛教的基本戒律是“五戒”，内容是：不杀生，不偷盗，不邪淫，不妄语，不饮酒。道教“老君一百八十戒”吸取了佛教“五戒”的内容，定为：不得杀生，不得荤酒，不得口是心非，不得偷盗，不得邪淫。佛教戒律的这一“五不”，实际是从否定方面说“五善”，若从肯定方面谈问题当是“五要”：要放生，要布施，要恭敬，要实言，要和合（参见吕大吉《人道与神道》第201页）。显然，佛教的这类教义在培养人性向善方面，有其不容否认的积极性的作用，特别是被称为佛教宗教道德之精髓的众生平等，皆可成佛，大慈大悲，忍辱无诤。但是，当恶魔已张开血盆大口而犹鼓吹以劝“善”去息“恶”，要人导之以“天堂”，诫之以“地狱”，其结果只能是令“恶”成为恶者的“通行证”，令“善”成为善者的“墓志铭”！孙悟空的以“惩恶”作为“劝善”的思想和行动，其与释门戒律不相容处在于此，其最为可贵处亦在于此，这使他与其说是个释门弟子，毋宁说像个江湖节侠。况且，毋庸为贤者讳，他也的确有疾恶过甚、轻易伤生的地方。比如，他“神狂”时，不只两次横扫草寇、一次打死无数猎人，还曾令猪八戒与沙和尚将百花羞公主与黄袍老怪生的两个孩子从云头上摔下，这种残杀孩童的行径，恐怕只有天杀星李逵敢与之同躯！那么，作者又是怎么为孙悟空这种与释氏教义大相径庭的公义观念和立身之道作辩解的呢？答曰：藉观音和如来的“佛谕”，真所谓解铃还需系铃人。其先也，则有观音对孙悟空肯定前提下的劝说：“似你有无量神通，何苦打杀许多草寇！草寇虽是不良，到底是个人身，不该打死。比那妖禽怪兽、鬼魅精魔不同。那个打死，是你的功绩；这人身打死，还是你的不仁。”其后也，则有如来对孙悟空一路所作所为的总体性定评：“喜汝隐恶扬善，在途中炼魔降怪有功，全终全始，加升大职正果，汝为斗战胜佛。”这就难怪陈元之《序》说作者“意近跅弛滑稽之雄”。因为孙悟空的“途中炼魔降怪”，并非与释门核心教义相依的将妖魔押入地狱，而是与释门核心教义相违的一见妖魔举棒就打，是故作者所称颂的这位斗战胜佛，实乃释门之异端！

三是，藉“神谕”以暗示作品的创作本旨，而这蕴有作者的难言之隐。要特别注意的，是世本《西游记》最后两回反复谈“有字真经”与“无字真经”问题。如来说“有字的”是“真经”，“无字的”也是“真经”，这当然有可能是解嘲。可燃灯古佛也如是说，这究竟是怎么回事呢？却原来孙悟空保唐僧西行取经过程，就是他一路炼魔降怪，“专治人间灾害”的过程，就是他扫荡妖尘，澄清玉宇的过程。既然如此，那么，他们取经的过程，当然也就是他们获得“真经”的过程。这就是说，所谓“有字真经”就是一部《西游记》；所谓“无字真经”就是要读者于无字处识得的作品创作本旨，亦即灵山不在西天，“灵山就在我心头”，灵山就在孙悟空的金箍棒上。可孙悟空在灵霄宝殿辖下时，玉帝却驱之使为魔！是故《西游记》者，亦发愤之所作也。盖作者所愤者，山林有孙悟空而朝廷无观音也。

要而言之，宋元以来取经故事中的唐僧弟子的“由道入释”，本是释道二教思想争雄与圆融的反映；然而这种争雄与圆融又是在国人的儒教心灵王国和无业游民的江湖文化和市民文化思潮中进行的，其结果是使集大成之作《西游记》成为多元文化的整一而以释道二教文化为肤、江湖文化和市民文化为肌、儒家文化为骨，从而使之成为宗教光环下的尘俗治平求索之作（说见拙著《西游记考论·论〈西游记〉思想和写法上的总体特点与文化特征》）。正因如此，所以唐僧弟子们的这种“由道入释”便成为我们窥探世本《西游记》和宋元取经故事之文化特征的最好窗口。

附　录

《西游记考论》跋

陈熙中

几年前，锦池兄的大著《中国四大古典小说论稿》问世时，吴小如师为之作序，当时锦池曾要我写一篇跋文，作为纪念。可是我觉得自己并非恰当人选，所以虽然答应了，却迟迟不敢动笔，终于没赶上出版期限。现在，锦池的新著《西游记考论》即将出版，他又特意先把书稿复印一份寄给我，仍命我写跋。盛情难却，姑且借此机会谈谈我对锦池为人和治学的一些印象吧。

我与锦池先后于 1957 年和 1958 年入北大中文系学习，我们可能在一起听过不少课，但那时却互不相识，直到七十年代，锦池借调到北京来搞《红楼梦》的新校注本，那时我也偶尔写一点有关《红楼梦》的文章，于是才有缘订交。此后，我们虽然不在一地，但见面的次数倒也不算太少，主要是锦池的学术活动比较多，常常有机会到北京或路过北京，而他每次来京，几乎必到北大看望师友。锦池为人直爽，重感情，讲义气而又是非分明。不过，给我印象最深的还是他那一股钻研学术问题的执着劲儿。我们每次见面，他的话题只有一个，就是他刚写了什么文章和正在写或计划写什么文章。他总是详细地把文章的主要观点和论据说给我听，然后问我："你觉得怎么样？这论点能成立吗？"可以说，从他的第一部著作《红楼十二论》（已经出了三版）到《中国四大古典小说论稿》（已经出了两版）到这部《西游记考论》，其中大部分内容我都"先闻为快"过。《西游记考论》中的一些主要观点，1985 年左右就曾和我谈过，而该书的写作竟费了锦池的 10 年时间。

锦池毕业后教过很长时间的现代文学和文艺理论等课程，但其实他的古典小说研究早在大学时期就开始了。他三年级写的学年论文《论薛宝钗的性格及其时代烙印》（见《红楼十二论》）是在恩师吴组缃教授（1908—1994）的指导下完成的，这是他的第一篇学术论文，从此组缃师的治学方法和学术风格深深影响了他。组缃先生和锦池的师生之谊，我是亲眼目睹的，锦池本人也多次在文章中表达了他对组缃师的感激和缅怀之情。组缃师在北大中文系主讲宋元明清文学史和古代小说研究，对于当年的青年教师和学生们影响极大，培养和造就了一批研究中国古代小说的人才，锦池便是其中的佼佼者之一。

锦池研究古典小说，采用的是攻坚战术，用他自己的话来说，即"一部名著一部名著地进行，迹类'白首穷经'"

(《中国四大古典小说论稿·后记》)。他认为“宏观研究可以发现规律，微观研究也可以发现规律，微观研究应放眼宏观，宏观研究也应放眼微观”，他自己是“从宏观着眼、微观着手去研究些问题”(同上)。他对《三国演义》、《水浒传》、《西游记》和《红楼梦》的研究，能够如此深入，与他的研究方法是分不开的(参见拙作《宏观下的微观研究——读〈中国四大古典小说论稿〉》，《明清小说研究》1995年第1期)。这使我想起组缃师研究和讲授古典小说，主要也着重在一部一部地深入剖析，同时又不忘从整体上总结和把握中国古代小说的历史发展及其规律。在这方面，锦池也无疑是继承了组缃师的治学路子。

我在《风范长存——忆念吴组缃先生》一文中曾记述了这样一件事：“一次我去看先生，恰好吴小如先生也在。谈话间，吴组缃先生说：‘小如，你擅长考证，在这方面我不如你。这不是我谦虚，是实话，我在考据方面不行。’……吴先生研究和讲授中国古代小说，向以独特精到的分析鉴赏著称。可是先生能不以己之长掩己之短，更不以己之长轻人之长，这种博大的胸怀，值得我们学习。”有意思的是，锦池也曾不止一次地跟我说过，他觉得研究古代小说，某些问题离不开必要的考证，而总感到这是自己的弱项，想有意识地提高这方面的水平。他这样说，也这样做了。细心的读者，也许会发现，《红楼十二论》中只有一篇

《〈红楼梦〉的作者是谁》是属于考证性的文章（此文曾受到不少前辈学者的称赞）。在《中国四大古典小说论稿》中，则是论中有考，考的分量已经增多。如今这部《西游记考论》，诚如程毅中学长《序》中所说：“考和论相结合，的确是考证和义理兼长，属于‘论从史出’的写法”。其中如关于《取经诗话》的几章，可说是纯粹的考证，“考”是为了“论”。锦池的这三部论著的发展轨迹，既显示了他学术上精益求精的努力，对于目下“束书不观，游谈无根”几乎蔚然成风的学术界来说，也有着某种示范的意义。

至于锦池这本书在学术上的成就和价值，比我们高好几个年级的毅中学长在序中已有具体的评述。毅中学长在古代小说研究上造诣之深，为世所共知，读者读了本书，必将感到他序中所说，决非溢美之词或泛泛之言。这是我敢肯定的，所以也就用不着我多说了。

1996. 11. 21

（原载《西游记考论》〔修订版〕，

黑龙江教育出版社 2003 年版）

材料为根　思辨为翼

陈　洪

在古代文学的学术圈子里，重材料还是重理论的问题，时不时就会变个花样引起一番争论（例如考据与议论谁优，微观与宏观孰先之类）。其实，基本道理谁都明白：当然应该二者并重。只是做起来并不容易。偏好考据者或不免流于琐屑饾饤，漫无止泊；偏好宏观者或不免于师心横口，游谈无根。而欲得一材料为根、思辨为翼的兼美之作，则并非易事。故此读到张锦池先生的《〈西游记〉考论》（以下简称《考论》），颇有几分振奋。

《考论》分上、中、下三编。上编集中讨论《大唐三藏取经诗话》的有关问题；中编集中分析《西游记》的人物形象演化问题；下编涉及问题较杂，包括作品的思想文化分析、艺术特征分析，以及《西游记》的版本问题与作者问题等。另外，还有附录一篇：《论〈西游记〉和〈水浒传〉的神学问题》。这几乎可以说包括了《西游记》研究的所有重要问题。而若从方法论的角度看，也可将《考论》分为两大部分，即以“考”为主的《取经诗话》研究、版本源流研究与作者研究，和以“论”为主的人物形象、思想文化与艺术特色研究。

《考论》所“考”重点不在发掘新材料，而在旧材料的梳理与辨析。作者的梳理工作相当细致，前辈及今人的成果多在视野之内，从而为辨析打下了较为坚实的基础；而其辨析工作则思路清晰，充分显示出逻辑的力量，使旧曲翻出了新调。如关于《取经诗话》成书年代的研究。作者遍举王国维、鲁迅、胡士莹、史岩、王静如、李时人等十馀家之说，对他们所依据的主要材料一一加以辨析，然后指出旧说或事理、或逻辑的缺欠。过去，支持“《取经诗话》成于晚唐五代”说的一条重要材料是将台山唐僧取经浮雕（见《考论》第一章一、二的分析），通常看法为浮雕刻于五代。《考论》从四端力辨其非：艺术风格之不类，相邻“观音龛”之明代题记，杭州宋代尚无“四众”之传说，现存文学作品中“四众”形象最早见于元代。若止据其一端，尚不足以动摇旧说，而四端并列，便相当有说服力了。作者在此基础上，又进一步以“观音道场”和“试经《法华》”的两项论证，来确定“《取经诗话》不可能成书于北宋以前”。这两项论证充分显示出作者辨析材料的功力。前一项，他先指出《取经诗话》之观音道场为“香山”而非普陀，再列举宋代“玉帝命妙善修行于香山而证果为观音”

的材料，继而揭橥“‘玉帝’之始封者是宋真宗”，然后得出结论“《取经诗话》当非北宋以前作品”。材料运用十分得当，而逻辑演进相当清晰，几乎可成定谳。但作者尚不满足，又以后一项再加确证。他先举出《取经诗话》中，三藏入大梵天王水晶宫时接受“会讲《法华经》否”考验的情节，然后举《五代宋元明佛教事略》的“试经度僧制”材料，据“惟北宋所试经率为《法华经》”为由，断定“《取经诗话》的成书年代，其上限不会早于北宋前期”。两项相佐，结论无可置疑。作者推演至此，宣称“足以一锤定音”。我们审其材料，循其逻辑，虽不欲认可而岂可得乎？

关于《西游记》的版本，作者的看法是“杨本乃硬删世本缩写而成的节本”，“朱本是晚于杨本的三缀本”。这虽非新创，但其论证方法却有另辟蹊径之处，如通过世本祖本探迹来设定考察文本异同的参照物，中间便颇多胜见。

《考论》所“论”，可借韩文公一言以蔽之：“惟陈言之务去。”如论《西游记》的文化特征为“以释道文化为肤，江湖文化为肌，儒家文化为骨”，论《西游记》的文体特性是“孙悟空的英雄传奇”，揭示《西游记》与王学的血脉联系，以及与《红楼梦》的思想递嬗，等等，皆显示出作者开阔的视野与犀利的思想锋芒。作者在对《西游记》与《水浒传》进行比较研究的时候，认为二者之间的血缘关系是一种“草色遥看近却无”的状态。作者分析这种“草色”道：“《水浒传》和《西游记》的可比性并不亚于同为世情小说的《金瓶梅》和《红楼梦》。何以言之？两部作品都是英雄传奇，一也；其英雄人物皆具亦‘神’亦‘魔’的社会属性，二也；其思想性质和情节组成皆反映了宋元以来江湖文化和儒释道三教文化的碰撞与融会，三也；其创作本旨皆属治平求索而益之以不同程度的宗教光环，四也。”真可谓要言不烦（当然，问题还可有其他分析角度，如经典性的通俗文学普遍具有双重文化属性，《水浒传》与《西游记》同具“武侠”之血缘等）。实际上，本书很多论断、思辨，都可借用此诗句来形容。即是说，当你陷入作品的细枝末叶，或囿于旧的研究、思维模式的时候，根本无法有如此深刻的发现；只有站在理论的制高点上，才会有“一泓海水杯中泻”的眼界和“燃犀下照”般的思辨穿透力。

特别应该指出的是，《考论》虽新见迭出，但绝非刻意标新立异。那些看似大胆的立论，都是合乎逻辑地由材料中生发而出，又经过立足于坚实的材料基础之上的论证，所以观点出人意表而不出学术之规范。这便不是那些为哗众而求“新”，似“新”而实妄者（如指《红楼梦》为“血泪情仇史”，证《西游记》作“气功教科书”之类）所能望其项背的了。

快读《考论》，如与锦池先生晤谈，领教其滚滚滔滔的辩才。兴奋之馀，自生对话与请教的愿望：1.《西游记》的成书过程可能比我们想象的还要复杂些。《考论》虽提出世本之祖本问题，但仍似未尽搔到痒处。程毅中先生认为："世德堂本《西游记》里的许多唱词，可能出自某一词话本的《西游记》，也可能在《西游记平话》里就有的，还可能出自一本宝卷之类的说佛唱本。"（见《西游记考论·序言》）这便较为圆通了。但问题还有探讨的馀地：若经"说佛"宝卷阶段，恐难以解释世本中大量全真道诗词歌赞的问题，以及这些道教文字与全书扬佛抑道的思想倾向相矛盾的死结。笔者曾见一材料，表明元明两代的全真教是通过说唱艺术来传播教义的。既然世本中存留大量全真道文字，那就完全有理由设想："（世本）还可能出自一本道情之类的'说全真'唱本。"① 何况，丘祖西游的壮举及其传说也会促成其弟子们对"西游"故事的讲唱热情。也许，丘处机作《西游记》之说真的事出有因呢。2.《西游记》的思想内涵亦相当复杂，原因大致有二：缠绕始终而又立场不清的宗教文字，介乎象征与寓言之间的表现手法。因此，说"《西游记》提出的核心问题是人才观问题"，认为《西游记》的"形象体系构成"属于完全不同于《三国》与《水浒》的"三维体系"等，虽足备一说，但稍有绝对化之嫌。

① 参见拙作《〈西游记〉成书过程的假说》，天津人民出版社《博导晚谈录》。

锦池先生平易近人，故私下里自认为谊兼师友，今放肆妄言，先生其谅之！

（原载《文学遗产》1998 年第 6 期）

名著意识、质疑理念与学者情怀

——张锦池先生的古代小说研究

杜桂萍

在20世纪80年代开启的新时期古代文学研究中，古代小说研究凭借其在50年代以后逐渐被强化的学术敏感[①]，率先表现出对新的时代语境的适应与接受，较早开始学术转型，并在方法论的密林中左突右进，逐渐形成基于本体研究的独特研究进径，一枝呈秀，取得了耀眼的学术成绩。在那个群星灿烂的时代，学人蜂起，个性偾兴，众声喧哗，佳说如林。立足于北疆的学者张锦池先生（1937—2020）就是佼佼其中的一位。

张先生一生用力于中国古代小说，是基于兴趣、人事和时代的自然选择。1958年进入北大中文系读书后，张先生对古代小说的兴趣已初现端倪，大学三年级完成的“学年

① 1954年以《红楼梦》为导火索引发的批判胡适派资产阶级唯心论运动，1975年正式开始的批判《水浒传》投降主义的运动，都让名著不能幸免地走上时代文化与政治的舞台，促成其接受能力的提高。

论文”《论薛宝钗的性格及其时代烙印》修改发表后被认为是他进入《红楼梦》研究的起点[①]。真正让张先生的兴趣固化为“追求”者或应归功于“人事”，其中最为重要的当是吴组缃先生等师友的指导、鼓励和期许，这成为他后来展开中国古代小说研究的动力之一，也影响了他的一生。应该说，是名师的引领和彼时北大开放活跃的学术氛围，推动了张先生的学术思考，笃定了他的研究领域，即便屡经挫折，仍深耕不辍于红学，经由《红楼梦》而进入中国古代小说研究。

一　起步于“红学”，立足于名著的系统性建构

1963年，张锦池先生离开北大，开始了在黑龙江高校几近六十年的工作。坐标东北，是一个交织着理性与理想的人生选择，也是一种顺理成章进入教学科研领域的生命定位。特殊时期，即便个人生活多有挫折，也保持和坚守了自己的学术兴趣和研究惯性，利用“打工”的业余时间进行学术研究。1977年秋至1979年冬，他被借调到中国艺术研究院红楼梦研究所参加《红楼梦》校注本的注释和注释定

① 《哈尔滨师范学院学报》1964年第1期，该文是张先生公开发表的第一篇学术论文。

稿工作，有机会与冯其庸、胡文彬等学者切磋交流，学术视野进一步拓展，也更加专意于《红楼梦》研究。1980年，张先生作为筹办者和策划、发起人之一组织了第一届全国《红楼梦》学术研讨会，同时参与中国红楼梦学会的成立，后来又参与筹办国际《红楼梦》学术研讨会（1986）、海峡两岸红学研讨会（1996），这些活动均以“第一次”彪炳红学史，为红学的繁荣发展并成为国际性“显学”做出了巨大贡献。也是在这个时期，他的第一部红学著作《红楼十二论》出版，此书多次重版再印，影响甚巨①，并成为包括《红楼梦考论》在内的名著研究系列的发轫之作。张先生作为新时期著名红学家的地位因其多方面的学术贡献得以确立②，而“时不我待”的名著研究焦虑也从此成为他学术人生的基本主题。

六十年的学术研究，从《红楼梦》起步，聚焦于四大名著的研究，又延伸拓展到《金瓶梅》《儒林外史》研究，张先生的目光未尝须臾离开这个领域，竟至于痴迷。他多次表示：“我研究古典名著，如此一部一部地进行，迹类皓首

① 是书在1982年出版初版后，1986年出版第2版，1995年出版修订版，多次印刷。这期间，1983年2月，中央电视台《红楼梦》电视剧组成立，《红楼十二论》被选为演员必读书目；1986年8月，谢铁骊任导演的电影《红楼梦》开始拍摄，亦被列为编剧、演员的参考和必读书。

② 张庆善：“张锦池先生是近四十年来红学新时期最为著名、成就最为突出的红学家之一，是新时期红学发展重要的推动者之一。”（《新时期红学发展的重要推动者——深切悼念张锦池先生》，《红楼梦学刊》2020年第6期）

穷经。”[①] 这不只道出了一个事实，更可见出一种情结，以及包孕其中的学术理念。他认为：“一部文学史是以那‘各领风骚数百年’的名家名著为其脊梁的，近半个世纪以来我们研究工作失误，不是失误在对名家名著研究过细，而是失误在将名家名作当作面团随意纳入某种理论框架。”（《中国四大古典小说论稿》“后记”，第364—365页）如是，他刻意于经典小说名著的重新梳理、问题发现，“或匡正旧说，或倡言新论，几乎对每一名著的每一重要问题，都有自己独到的见解”[②]，取得了为时贤瞩目的成绩。即便名著研究已经达到需要“悬置”的状态[③]，依然不眠不休，立意于名著视野下关乎小说史演进中的精彩发现。齐裕焜先生曾感叹：“对四大名著的研究占古代小说论著的百分之七十多，无怪乎有的学者要高呼‘悬置名著’。但锦池却是勇于攀登，在对这几部名著的论述中新见迭出，使人耳目一新。”[④] 1990年代，围绕六大名著展开的研究，张先生取得了最为丰硕的成果，不仅形成了他个人学术研究的高峰，其以名著研究为核心的多维学术展开也初见特色，最为鲜明者则在于

---

① 张锦池《〈水浒传〉考论》“前言”，人民出版社2014年版，第1页。类似话语又见张锦池《中国四大古典小说论稿》“后记”，华艺出版社1993年版，第364页。

② 刘勇强《原本识要 以实为新——张锦池〈中国六大古典小说识要〉读后（代跋）》，《哈尔滨工业大学学报》2012年第5期。

③ 郭英德《悬置名著——明清小说史思辨录》，《文学评论》1999年第2期。

④ 齐裕焜《〈水浒传〉考论》“序言”，张锦池《〈水浒传〉考论》，第2页。

两个方面，即比较方法和系统性建构。

在比较研究中发现和论述问题，进而谛见小说源流中的内在肌理，是张先生名著研究秉持的理念和方法之一。早在大学期间，已表现出鲜明的比较意识，如《从曹操和刘备的形象看〈三国演义〉中的正统观念》（1962）是基于一部作品内部的比较；进入新时期之初，《究竟是想规范封建道德，还是在批判封建道德——〈红楼梦〉与〈三国演义〉和〈水浒传〉道德观的比较研究》（《北方论丛》1985年第2期）、《究竟是主张制约童心，还是鼓吹放纵童心——〈红楼梦〉与〈西游记〉人性观的比较研究》（《北方论丛》1985年第4期）等论文中，比较的思路和方法已然在四大名著之间展开，并逐渐深入。年近八旬，张先生依然有《〈水浒传〉三纲观念识要——与〈三国演义〉、〈红楼梦〉作比较谈》（《哈尔滨工业大学学报》2011年第2期）、《论〈水浒传〉的治平理念——与〈三国演义〉比较谈》（《学术交流》2013年第5期）等论文发表。这种比较，当然不是一般理解的“表面文章”，而是立足于历史与逻辑的统一、基于古代小说累积型生成中的文体同质性和艺术经验相通性而选择话题，是立足于精读文本后的深细思考而进行的学术批评，因之比较中易明问题、益见深刻，精彩之句段也比比可见。如“《三国演义》的侧重点是在‘义’，在‘下安黎庶’，即‘为民’；《水浒传》的侧重点是在‘忠’，在

‘上报国家’，即‘为国’”（《〈水浒传〉考论》“前言”，第4页）；“《儒林外史》总是向着上一代，对老年人有好感，《红楼梦》总是向着下一代，对年轻人有好感，这不只是个孝悌观念的浓淡问题，也是两位作者不同的‘天良’说之真切的反映”①。而他之所以乐此不疲，来自于理论思维促成的提炼问题的能力，却实际地成就了古代小说名著意涵复杂性的最佳阐释方式。在他的认知中，名著本身是一种丰富的动态的文学存在，尤其是世代累积型创作，由于题材等的历时运动和横向重叠，于纠合裹挟中形成了丰富的历史堆积和艺术褶皱，其中深隐着很多重要的文本和艺术信息，往往只有借助那些处于界面中似曾相识又不断流动的元素，才可能发现并真正敷衍出一个个具体而微的完整景观；至于名著之间那些基于艺术经验、知识传承、思潮濡染、时代变迁而形成于文本中的大小、异同元素，往往也彼此映照，甚至互为因果，隐伏着小说史发展过程中大大小小的问题，借助于互为锁钥才更容易开解，达成历史真实和审美研究的极致。这是名著得天独厚之所在，也是名著研究之任务所在。

围绕着具体话题，张先生的比较研究丰富而多元，其最见功力而为学界首肯者则是基于文本文献细读而来的内部比较。如《西游记》成书年代和版本源流的研究，从杨本、

---

① 张锦池《究竟是回归，还是叛逆——〈红楼梦〉与〈儒林外史〉社会观念的比较研究》，《红楼梦学刊》1996年第2期。

朱本和世本的比较出发，借助于内证所提供的信息，揭示出世本存在的前后脱节现象，以及所导致的如美猴王和六弟兄形象的改变、玄奘小传的缺失等，说明其是一个经过修订的改本。这其中，既可见文本内部之“契合”，亦有意彰显其中之“矛盾”，而借助多维比较形成的研究过程的步步深入、迂回腾挪、巧思新见不断，张先生解决了《西游记》研究中一个令人望而却步的难点，成为《西游记》研究史上一个巨大的推进。立足于名著之间的所谓外部比较，亦为张先生所擅长，相关论述逻辑性地牵合了小说研究的诸多问题，并提出了具有学术史意义的理论话题，亦多为学界瞩目。如《论〈水浒传〉和〈西游记〉的神学问题》一文，所论之名著，一属英雄传奇，一为神魔小说，多有不同，张先生却从两部小说的楔子发现问题，提出了“神道设教”的论点，并借助宗教文化之烛照，深入小说文本之肌理，解锁两部小说的相通与相异之处，认为“《西游记》的这种‘无美不归观音，无恶不归玉帝’与《水浒传》的‘无美不归绿林，无恶不归朝廷’在思想上是一脉相承的”，进而得出结论：“就‘出世’与‘入世’来说，两位作者都是儒家的用世；就思想组成来说，都深层地反映了一种江湖文化与儒家文化的碰撞和融汇，而释道二教思想对作者价值观念的影响则是浅层次的；就思想性质来说，《水浒传》既非叛逆文学，《西游记》亦非宗教文学，两部作品皆依然是属于讽谕文学的范畴。”[1]“神道设教”的提出，还原了中国古代小说乃至戏曲与宗教的真实关系，为解读具体作品创作之思想、结构与艺术审美诸问题提供了一个富有张力的维度，可惜相关研究至今未能充分展开而上升为阐释中国古代文学与宗教各种张力关系的理论话语。

“比较”是一种思维，也是一种方法，还体现为行文中的一种话语方式。在张先生的论述展开中，常见“一方面”“另一方面”和“与其说”“不如说”等话语，借助语意迁转而指向意义递进的比较性话语，也较为常见。如他关于《西游记》与《红楼梦》小说史地位的评价：“鲁迅说：‘自有《红楼梦》出来以后，传统的思想和写法都打破了。’我想补说一句：这种打破，实始于《西游记》而成于《红楼梦》。”（《西游记考论》“前言”，第9页）因为比较，其论述往往面面俱到，又层次分明，更循序渐进，逻辑周严。张先生辩证思维指导下娴熟的话语运用，还促成了一些比较性概念的生成，如“一主双宾”“一声而二歌”“一人而二体”“一主三从”等，不仅促成了其论证过程中观点的互补性，也有力揭示了在雅俗互动中生长的中国古代小说思想与艺术面貌的复杂性。而这样的思维习惯、理解方式及所形成的开放性格局，也让张先生的小说名著研究对象牵系“登

---

① 张锦池《西游记考论》，黑龙江教育出版社1997年版，第440页。

场”、轮流“唱做”，不仅两两相“比”，还有三、四之间的彼此对“比”；既有正面对比，又有侧面对比、平行对比、逆向对比等。凡此，构成其名著研究的比较方法与特色，也助力于其名著研究系统性原则的形成。

自20世纪90年代中后期起，张先生开始涉入《儒林外史》《金瓶梅》研究，相关学术论文联翩而至，进一步诠释着他关于名著研究的系统性理解，代表性成果则是2013年出版的《中国六大古典小说识要》①。这部由二十四篇论文构成的体系性著作，是《中国四大古典小说论稿》的拓展，进一步彰显了小说史视野下的名著统系理解，在关注小说的思想价值、艺术价值、历史价值的同时，借助名著渊流与艺术承继关系的深入研究，回答其作为经典“说不尽”的价值和意义。为进一步强调所“识”之“要”的系统性构成，张先生将在《中国四大古典小说论稿》中缺席的人物研究纳入其中，又有意修正了之前多就名著文本这一“历史沉积带”进行重点挖掘的策略，通过文本生成过程中相似“文化符号”的撷取与多元索解，阐释名著之所以成为“这一个”的原因及其文学史价值，这是他对《金瓶梅》《儒林外史》等作家独立创作型名著的主要阐释方式。由是，基于名著生成的系统性建构已然成为他名著研究的自觉性学术

① 是书以“识要”为名，有为后续研究张目、拓荒之旨，惜天不假年，未能完成。

追求。如关于四大小说名著的系统性理解之一："在四大古典小说中，《三国志通俗演义》和《水浒传》对仁政的态度是憧憬，对'三纲'等道德观念的态度是褒扬，因此都是讽喻文学；而《红楼梦》对仁政的态度是嘲讽，对'三纲'等道德观念的态度是讥刺，因此是叛逆文学。《西游记》则介于二者之间，是'跅弛滑稽之雄'。"[①] 对六大小说名著的系统性理解，则有李希凡先生的恰切评论："每部小说的中心思想、文化意蕴和作家的创作题旨，无不与儒家伦理观念有着这样那样的联系。《三国演义》的'拥刘反曹'，固不必说，《水浒传》'乱世忠义的悲歌'，《金瓶梅》兰陵笑笑生与《儒林外史》吴敬梓各自不同的'理想国'，即使是被誉为'以个性心灵解放为基础的文艺开山之作'的《西游记》，突出表现了'启蒙主义人性思潮'的《红楼梦》，锦池也能从它们的异端思想中发掘出民族独特的文化意蕴。"[②] 如是之概括，即便是出自他者的解读，仍若合符契，指向张先生努力于名著系统性建构的眼光与旨趣。这肯定了他有意识地从整体上总结和把握中国古代小说的历史发展及其规律的努力，也阐明了其名著研究的又一突出特色。

张先生最为在意者，当然还是单一名著文本自足性的系

---

① 张锦池《三国演义考论》"前言"，人民出版社 2016 年版，第 7 页。

② 李希凡《考论结合，回归传统——张锦池〈中国六大古典小说识要〉代序》，《哈尔滨工业大学学报》2012 年第 5 期。

统性建构。如关于《水浒传》，他在20世纪80年代初提出“《水浒传》乃乱世忠义的悲歌”的观点，至2014年《〈水浒传〉考论》成书时，始终围绕于此“核心”而倡言之、建构之。关于《三国演义》，他首提“三本”思想，即民心为立国之本、人才为兴邦之本、战略为成败之本，认为“这种‘三本’思想一以贯穿全书，成为作者褒贬诸镇的准则，不吐不快的方略。从而也就使作品成为一部千古不朽的形象的‘资治通鉴’”（《三国演义考论》“前言”，第2页）。这些纲领性论说往往先期围绕具体问题给予论说，形成系列篇什后组构为专著，相关阐释或广为学界认同，或作为代表性观点引发讨论，甚至衍生出更多有影响力的学术话题，而其以考论结合为特点的撰述方式又兼具方法论意义。就具体的研究策略论之，则如张先生构思《中国四大古典小说论稿》时所言：“每部小说各占三章，一章谈主题，一章谈渊源，一章谈艺术经验。”（《中国四大古典小说论稿》“后记”，第368页）对于每一部世代累积型名著的研究，皆从渊源开始，所谓“沿波讨源，虽幽必显”①，以作品为中心，回溯其生成，结构其当下，关注历史与文学艺术的交融汇聚及其过程性，撷取那些构成了重要关节的人物、事件和情节单元，结合文化现场之状态进行人物、主题乃至艺术

① 刘勰著，范文澜注《文心雕龙注》卷一〇《知音》，人民文学出版社1958年版，下册，第715页。

的考论，既形成对文学史事实的还原，又导出关乎作者以及作品问题的逻辑展开。如是，每一名著文本乃至以其为核心的文献载体皆构成为一个自足的跨越历史与现实的文化载体，同时是一个凝聚古今知识、思想和艺术的“文化共同体”。大者如一部大书《西游记》，“以亦考亦论的方法将宋元以来的取经故事和《西游记》作为一个家族予以通盘研究”（《西游记考论》“前言”，第6页），形成对中国古代小说文化遗传、叙事传统和艺术经验的阐释。小者如《水浒传》之宋江个体，立足于《宣和遗事》、元人杂剧、《水浒传》三大源流载体，据其“落草为寇”“把寨为头”“接受招安”三大人生轨迹及其变化，揭示其“忠义之烈”形象变迁过程以及小说“乱世忠义的悲歌”主旨之形成（《〈水浒传〉考论》“后记”，第107—126页）。可以说，正是在历史和逻辑相统一的多层界面选择上，每一个具有经典品质的个案才有效彰显出其文学文化意义，既禀赋了彼时文化生态的凝结，又呈现为作者立足于当代文化阐释的慧眼和成就。

如是，尽管张先生的研究聚焦于六部古典小说名著，但依然起到了“纵然是只见树木式的研究，也终究是在为研究森林提供着基础”（《中国四大古典小说论稿》“后记”，第364页）的效用。今天回顾20世纪以来的小说研究，不仅名著研究中的重大问题如“作者之争”“主题之争”以及与之相关的文本形态、形象生成、主线结构、文化意义等问题皆在其考量之中，源流研究、文本特色和审美构成等特色性问题，亦凸显为其小说史系统性研究的核心目标。新时期的小说研究，从名著研究开始是很多学者起步的一个共性特征，这是由名著所具有的经典价值决定的，当然也是由“五十年代初大规模普及古典文学名著、重视研究我国古典文学优秀遗产的强烈的社会文化思潮决定的”①，但张先生从未汲汲于名著的一般性关注，而是以数十年之精力进行着小说的多元思考和系统性建构，并因之形成自己独特的理解和学术个性。也许因为时代、观念或者个人趣尚等原因，他的研究成果还需要在历史的视野下不断进行审视，或许有并不圆满处，也不免有理论上的偏误，甚至存在逻辑上的罅隙、观点上的不合，但他基于方法论建构而进行的重新发现和经典价值阐释，对于新时期以来的古代小说研究大有裨益，亦是不容置疑的。举最近之例证，不久前读陈洪先生《〈西游记〉作者“尤未学佛”说考辨》（《文学遗产》2021年第4期）一文，窃以为是对历史上不断出现的随意附会《西游记》三教说者的一次智慧性回应，与张先生若干年前从“神道设教”维度解读小说之论遥相呼应：“这种‘神道设教’，虽可能与作者的某种宗教意识有关，但绝不意味着

① 竺青《古代小说研究主流范式的呈现——〈文学遗产〉创刊六十五年揭载小说论文解析》，《中国文化研究》2021年春之卷。

他对宗教神学的笃信。”（《西游记考论》，第459页）进一步印证了张先生之论的小说史意义。刘勇强先生说：“对于永远也说不尽的经典而言，最重要的并不是提供一种颠扑不破的解释或定论，而是提供一种思考的角度、方法甚至激情，我以为这正是张先生不懈追求的目标，也应是我们阅读本书的着眼点。”[1] 确然如此。正是在这一意义上，张先生的研究始终能与20世纪小说研究同步，成为一个时代学术史变迁的晴雨表，且以极具个性的学术探索构成为当下小说研究的动力性存在之一。

二　开始于“质疑”，聚焦于作品为核心之“文本”

张锦池先生始终重视通过原典阅读获得基本理论的宗旨和真义，在运用马列主义的基本原理和方法进行思考和分析时，表现出理论还原、科学分析的自觉，这与其作为“文学概论”课教师的严谨和责任相关，也促成其追求学术自由和独立品格的探问方式。进入新时期后，在喧嚣的理论场域中保持科学思维，善于反思、修正自我，也促成其观念变迁和理论转型的自觉更早、更顺畅，避免了当时普遍存在的

---

① 《原本识要　以实为新——张锦池〈中国六大古典小说识要〉读后（代跋）》。

理论贫乏、观念困惑乃至“失语”一类的学术通病，其中得益最多者当是其善于质疑思维的养成。

善于质疑，在张先生早期的学术训练中已见端倪，与北京大学求学时期吴组缃先生的培养关系密切：“随着吴先生对我的‘考问’越来越深细，指导越来越具体，要求越来越严格，我对《红楼梦》的情节也越来越熟悉，思路也越来越开阔，兴趣也越来越浓烈。”[①] 这种“考问”很快内化为一种质疑思维，形成他面对学术问题时的独立思考习惯。如大三时撰写的学年论文，最初为《论薛宝钗的性格及其时代烙印》，后修改为《试谈薛宝钗——与何其芳同志商榷》，即表现了这一点。《〈红楼梦〉的作者究竟是谁——与戴不凡同志商榷》（《北方论丛》1979年第3期）一文乃张先生新时期红学研究的代表作之一，是与戴不凡先生《揭开〈红楼梦〉作者之谜》的商榷之作，其观点不但得到戴先生的赞同，在写作过程中也多得他的肯定、指导，戴先生还赠以资料[②]。正是师长的鼓励和新时期之初切磋争鸣的良好学术氛围，强化了他不断反思和批评的勇气，也为其后来

---

① 张锦池《红楼十二论》“再版后记”，百花文艺出版社1982年版，第400页。

② 张先生后来铭念不已：“这篇东西在《北方论丛》一九七九年第三期上发表以后，多承包括戴不凡先生在内的不少老前辈见誉；但我深深知道，没有戴先生宏论的启发，就没有我这篇文章。没有戴先生的一再策励，也没有我这篇文章。把自己珍藏的书籍供给对方著文反驳自己，这种对后生的提携与激励，古今学界有几？”（参见《红楼十二论》“再版后记”，第403页）

立足于名著研究的方法论形成打上了鲜明的底色。

不仅对学术前辈质疑，对同侪质疑，张先生更不放弃对自己的审视与质疑。他的很多论文因之而经过多次反复的修改，收入书稿时甚至面目全非。值得注意者，其质疑往往以“补说”的形式表述，在扬弃的过程中展开，对自己亦是如此。如《也谈〈红楼梦〉的主线》（《哈尔滨师范学院学报》1978年第3期）发表不久，即修订补入“托情言政”艺术特色等内容，以进一步强调《红楼梦》的主线既非“宝黛爱情”，亦非“四大家族的衰亡过程”，而是“贾宝玉的人生道路问题”①。借之生发而成的《〈红楼梦〉结构论》又同时引入对周汝昌先生“《红楼梦》对称美”的批评，呼应了黄立新和邓遂夫对其《红楼梦》主线说的质疑（《红楼梦学刊》1990年第3期）。在此基础上形成的《借得山川秀添来景物新——〈红楼梦〉主线与明清小说传奇结构形态》进一步申论，扩展为明清小说结构形态问题的总体性思考（《红楼梦学刊》1992年第1期）。在质疑中修正、深化、丰富的过程，促进了思考的成熟，相关论点成为有关《红楼梦》主线说的重要一家，也奠定了张先生此后关于其他名著结构问题思考的基础，《水浒传》《西游记》《金瓶梅》等名著的结构论述各具精彩，而《论〈儒林外史〉的纪传

---

① 张锦池《也谈〈红楼梦〉的主线——兼说此书借情言政的艺术特点》，《红楼梦学刊》1979年第1期。

性结构形态》一文觑定“外史”二字，提炼出“纪传性结构形态”的新说（参见《文学遗产》1998年第5期），结构研究尤其别开生面，被认为是“打开通往《儒林外史》叙事艺术奥秘大门的一把钥匙”[1]；衍生之论述则启发乃至破解了小说史结构问题的种种谜团，为《儒林外史》主题、审美研究等拓展了学术视野、拓宽了研究路径，方法论意义不言自明。1997年，《西游记考论》一书出版，张先生特意在封底题写一则治学感悟：“学贵有疑，疑则思，思则学，学必有悟，是谓得之。”特别强调了“疑”与“得”的关系及其重要性。或者可以这么理解，正是来自名著研究中的“质疑”，促使“思”与“学”从经验感悟上升为理论认知，并逐渐走向成熟，汇聚成为其学术理念的方法论内核。

张先生早期的“质疑”主要基于文学阐释而立论，涉及作者、文本、主题、结构诸多方面，与社会历史批评的时代禀赋息息相关。如他最初关注《水浒传》，是基于领袖“《水浒传》这部书，好就好在投降”的论断，但在阅读中发现，宋江之所以接受招安，是为了“平虏保民安国”，而他与梁山好汉们的关系，又可谓“二人同心，其利断金；同心之言，其臭如兰”，这样的形象设定怎么可能是地地道道的投降派呢？真正进入《水浒传》的文本世界，他发现

① 姜荣刚《因袭与独创：〈儒林外史〉叙事艺术新论》，《文学遗产》2021年第6期。

这其实是“一本宣扬忠义的小说”，主题可归结为“乱世忠义的悲歌”（《〈水浒传〉考论》“后记”，第242页）。这是基于政治现实而进行的学术质疑，与小说名著更容易在林林总总的社会政治现象中被裹挟并凝聚诸多“异化”的文化信息有关，而张先生能够很快从政治批判转向文学批评，实得益于因这一特性固化而生出的“质疑”。从那时起，他努力于作品的还原批评，一切“质疑”都建立在文献考据和文本细读的基础上。如《西游记》中孙悟空的现实原型，是孙悟空形象演化过程中争议较多且必须厘清的关键性问题。张先生基于《大唐西域记》等文献得出的一个重要判断，曾助玄奘西行的胡人弟子石槃陀才是孙悟空的真正原型，认为“胡僧”与“猢狲”的音近而讹是猴行者加入取经行列的主要契机，而《取经诗话》之所以为无名氏“俗讲”僧人的天才创作，与其以“取经烦猴行者”为特征塑造了相对成型的取经故事传说有关（参见《西游记考论》“前言”，第7页）。名著研究中的文献发现毫无疑问是难点，如《儒林外史》研究近年来取得的巨大突破即得益于新文献的发现①；然旧文献的新发现可能形成辉煌度更高的

① 郑志良发现宁楷《儒林外史题辞》与吴敬梓《后新乐府》等文献，引发了对《儒林外史》创作的重新审视，促进了研究的拓展。参见郑志良《〈儒林外史〉新证——宁楷的〈儒林外史题辞〉及其意义》（《文学遗产》2015年第3期）、《新见吴敬梓〈后新乐府〉探析》（《文学遗产》2017年第4期）及商伟《〈儒林外史〉叙述形态考论》（《文学遗产》2014年第5期）等文。

亮点，映照出相关学术史问题的底部与细处，孙悟空原型发现的学术史意义即在于此。对学者的巨大考验则在于其独具慧眼地“质疑”，进而在重新审视中发现新的线索，得到新的启示，形成新的问题，获取新的见解。如是，善于“质疑”成为一种“方法”。正是在这一“方法”的科学运用中，张先生大胆质疑，小心求证，从微观入手，以宏观出之，形成其名著研究的系统性建构原则，即文本、文献、文化研究三位一体的学术理念。

1993 年，吴小如先生曾就《西游记考论》评价如下：“足下于《取经诗话》用力甚勤，有朴学之功底而益以历史唯物主义之方法，虽略嫌辞费，而实迈前人。”[1] 其时，张先生关于《取经诗话》成书年代的考证堪称精审，多得褒扬。他参酌各家之论进行评说，又立足于文本，依据内证考定其成书之上限和下限，再借助旁证，进一步夯实其成于北宋中后期之结论，毫无悬念地否定了“《取经诗话》成于晚唐五代”的成说。这在《西游记》研究中意义不同凡响，而有关孙悟空原型等问题的卓越发现也得到学界首肯，吴组缃先生直言其《西游记》方面的文章写得比《红楼十二论》里的文章好（参见《西游记考论》“后记”，第 429 页）。凡此，与所谓的“朴学之功底”相关，又得益于因理论养成

① 吴小如语，参见张锦池《西游记考论》“后记”，第 429 页。

而独具之慧眼，即善于在细读中寻绎文献文本的内外信息，循之深入历史现象的深处，通过正面、反面、对比和引用、论证等多种方式，进行文献的求真表达，推理方式严密而有效，结论或推断皆扎实可信，理据平实，或蕴含人情物理。故程毅中先生有赞："作者眼明如炬，心细如发，提出了独具卓见的一家之言，无疑是古典小说研究中的新贡献。"① 张先生因此更加"善待"文献，"文献"在文本、文献、文化三位一体的研究理念中凸起为一个活跃性存在，《西游记考论》则因是一部"名副其实的考论，书中各篇几乎皆属亦考亦论的写法"②，成为他撰写其他名著考论的范式性著述。2000年，李希凡先生指出："我看近年来陆续问世的张锦池先生的四部古典名著的《考论》，就是想走（文献文本文化）整合一体的研究路子。"③ 这一指认，坚定了张先生的方法论理念，也标志着其学术方法论探索的基本完成。

揆诸张先生的研究可以发现，其考论结合的策略并非仅仅针对稀见史料的巧于探查、常见史料的智慧性解读，还践行于相关学术史文献与小说作品的"细读"，在这一意义上，史料、学术史文献与作品共同构成"文本"，文本结构

---

① 程毅中《西游记考论》"序言"，张锦池《西游记考论》，第2页。

② 张锦池《红楼梦考论》"前言"，黑龙江教育出版社1998年版，第1页。

③ 李希凡《有感于"文献·文本·文化"的命题——由1999全国中青年〈红楼梦〉学术研讨会引起的联想》，《李希凡文集》，东方出版中心2014年版，第6卷，第270页。

的核心则是作品。立足于文本，进行一种以作品为中心的文本还原批评，才是张先生学术方法论真谛之所在，其致胜之“秘籍”就在于他永远将目光实实地落在名著文本上。在提及文本、文献、文化三者的顺序时，张先生从来都是首举文本（作品）：“从宏观着眼，从微观入手，以还原批评为基础，以接受美学作主导，亦考亦论，考论结合，尝试着将文本、文献、文化作点整合一体的研究，而以求实为主，求新为辅，成了我惯用的方法与追求。”① 这与很多学者的认知不同，其实也是对李希凡先生等学者相关评价的回应与纠正。初看似是思维路径之不同，实则关涉学术理念与方法论的差异。在张先生看来，对作品中心地位的强调，是文学研究的真正起点。首先对相关文本进行不厌其烦的爬梳，才能发现隐藏其后的“小”符码，得出平实而合乎逻辑的“大”结论。如细读巧姐儿的相关文本，“从巧姐和大姐的关系问题知曹雪芹在增删五次过程中曾减头绪；从巧姐和英莲的关系问题知巧姐被卖时的年龄即为大观园花柳繁华的时间跨度；从巧姐和二丫头的关系问题知后四十回决非曹雪芹的原作”（《红楼梦考论》“前言”，第2页）。而从宋江的三个绰号“孝义黑三郎”“呼保义”“及时雨”，他看到了施耐庵开出的一付济世良方：以“孝义”齐家，以“仁义”安

---

① 张锦池《中国六大古典小说识要》“后记”，人民文学出版社2013年版，第590页。

民，以“忠义”保国（《〈水浒传〉考论》“前言”，第5页），因之而十分认可金圣叹的评价：“一百八人中，独于宋江用此大书者，盖一百七人皆依列传例，于宋江特依世家例，亦所以成一书之纲纪也。”[①] 对学术史的梳理亦是如此。如关于《取经诗话》成书年代的研究，涉及前辈及时贤十多人，其中王国维、鲁迅、胡士莹等前贤之说影响甚巨，然他不避烦难，对他们所依据的主要材料一一加以辨析，或排除与时代不合者，或指明与知识违背者，或点明与事理不契者，或批评与逻辑相悖处，借助渊博的知识、对人情物理的独特理解以及所禀赋的理论激发之力，于文本的微观烛照中断定是否，推出结论，具体考论文字则往往“论从史出”，又“以论带史”，具考证与义理兼长之效。鲁德才先生曾如是评价：“锦池的‘考论’，从1997年推出的《〈西游记〉考论》，1998年刊行的《〈红楼梦〉考论》，到即将问世的《〈水浒传〉考论》，全然没有烦琐地堆砌资料而不能把研究提升到审美高度之嫌。因为其‘考’是为‘论’提供科学依据，而‘论’又为‘考’指明观照点和价值判断。于是在考论全过程中，翔实的材料，敏锐的观察力，深厚的理论功底，严密的思维逻辑，使他常常能提出振聋发聩的见解，

① 金圣叹著，陆林辑校整理《金圣叹全集·第五才子书施耐庵水浒传》，凤凰出版社2008年版，第3册，第333页。

为学人所称引。”① 言其考、论关系甚明，颇契张先生治学之旨。

的确，理论建构从未在张先生的“考论”中缺席。进入九十年代，随着西方批评理论的参与，人们试图从更多维度解释文学现象，给文学研究提供了诸如制度的、文化的、科学的等阐释路径，新批评、结构主义、精神分析学、叙事学、接受美学等舶来理论甚至成为文学批评中的“主角”。本来是“条条大路通罗马”，不过文学研究的本位立场、本体研究是张先生最为看重的，所以从具体文本、具体的历史语境出发，以独立的学术思考与判断为治学之要义仍然被他奉为圭臬。他并非对各种新理论视而不见，时代风气之于其研究思路的拓展是显而易见的，对于文体学、叙事学、文学地理学、传播学等新知识及新方法也并非无感，如他关于文本生成源流的研究，观念、方法与知识考古学的理念多有不谋而合之处，有些研究观点也类似于今天所说的文学社会学的成果。再如他一贯倡导的文本细读思想，也完全逸出了以往文学批评意义的“观念素材”层面，保持了中国传统鉴赏批评的一些特点，又并非止步于文本而放弃文本内外“意义”的探索，“细读”为文化和审美意蕴的发现提供了一种开放性的阐释空间。不过，濡染于学术方法论之风中的

① 鲁德才《〈水浒传〉考论》“跋语”，张锦池《〈水浒传〉考论》，第239页。

张先生始终表现“矜持”，依然坚守了社会历史研究的主流范式，甚至体现出转归传统的些许倾向，吴小如先生言其对朴学方法的运用，即是一种回归的具体表现，而他之于对立统一辩证思维的痴迷，一直到晚年修订完成《中国四大古典名著考论》都未曾有任何改变。职是之故，其“论”永远平实稳健又不乏新锐性的理论思考。刘勇强先生说：“这种新锐的理论思考不在于使用了什么生涩的新名词、新术语，而在于坚持从小说的实际出发，发现具有普遍意义或理论深度的现象并加以新的概括。”① 的确，理论只有具有实践性才可见其真正价值，张先生秉承这一点而有所为，不做新理论的盲从者，亦不做旧理论的守护者，思想深处永远涌动着生生不息的理性力量，托举着他独立思考、求真务实的学术个性。

所以，张先生的研究初观之似很传统，实际上则一切服从各种方法“千锤百炼”而成的“文心”。这“文心”不仅可以观照和激活相关“文献”，让“旧文献可以新用，新文献易于智用，常文献能够奇用”②，还可以扫描和照耀各类文本之正反、缝隙、褶皱等，使之有机会获得逻辑复原和审美呈现，进而构成其文化研究的主体。2011 年，李

① 《原本识要　以实为新——张锦池〈中国六大古典小说识要〉读后（代跋）》。

② 拙文《“文献先行”与“文心前置”刍议》，《文学遗产》2013 年第 6 期。

希凡先生为《中国六大古典小说识要》作“序”，正式发表时拟题为“考论结合，回归传统”①，再三肯定张先生对传统的回归，同样的话也出自鲁德才先生笔下：“回归传统，是锦池一贯坚持的道路。”② 其实在多大程度上回归了传统，是值得斟酌的。张先生自幼接受传统文化的培养，经历过六七十年代的政治和文化洗礼，又迈越了新时期的理论焦虑和方法纷纭，他的回归传统其实更应理解为对学术研究本位的呼唤；如果从方法论维度评价其古代小说名著研究，最准确的概括或应是对“传统的选择与重构”。实际上，他永远是目光向前的，如同刘勇强先生的解人之语：“在举世皆刻意趋时尚变的社会风气下，张先生的论著坚守古典，原名著精神之本，识佳作艺术之要，以实为新，反而表现出不同流俗的学术品格。”③ “以实为新”，才是张先生学术追求之所在，其所凝聚成的理念和意志力促使他从不图解理论，或迎合理论，有力量突破理论设定的种种规限或框架，从而戒绝观念或理论先行，坚守了文本优先的文学阐释策略。这是他取得杰出学术成就的关键所在。

---

① 《考论结合，回归传统——张锦池〈中国六大古典小说识要〉代序》。

② 《〈水浒传〉考论》“跋语”，张锦池《〈水浒传〉考论》，第241页。

③ 《原本识要　以实为新——张锦池〈中国六大古典小说识要〉读后（代跋）》。

三　教学相长：学术生成与学者情怀

张锦池先生终生以教学工作为本职，兢兢业业于讲台，深受学生爱戴，也得到了各级政府的高度认可。2004 年，他入选为“首届国家级教学名师”，2008 年荣获“龙江文化建设终身成就奖”；2017 年，80 岁的张先生接受哈尔滨师范大学授予的“终身教授”荣誉称号。这些他无比看重的奖励和荣誉，是对其一生坚持“教学相长”理念的实践价值的高度肯定，也可见出其学术成就取得过程中“教学”的参与作用，这是他遗留给当代高等教育探索的一份特殊学术经验。

1972 年，张先生开始讲授《红楼梦》专题课，十年后在此基础上形成了专著《红楼十二论》。他说：“《红楼十二论》是我二十年来从事《红楼梦》研究和教学的一点成果。这十二篇文字，既是我所写的有关《红楼梦》的论文，也是我平素给学生开《红楼梦》专题课用的讲稿，都曾发表过。”（《红楼十二论》“再版后记”，第 399 页）又十年，《中国四大古典小说论稿》出版，他再次谈及：“《中国四大古典小说论稿》，是我十年来从事教学和科研的一点成果。这十二章文字，莫不来自我平素给学生开‘中国小说研究’专题课用的讲稿。”（《中国四大古典小说论稿》“后记”，第364页）反复强调自己的著述多来自“讲稿”，不断重申学术成果“是我多年来从事教学和科研的一点成果”（《三国演义考论》“前言”，第1页），皆旨在说明教学之重要及其中之思考对于学术研究的成就之功。课堂，不仅是张先生一生热爱之域，也是其学术成果孵育、生成、检验之现场。

教学相长之自觉，发生在张先生1980年正式调入古代文学教研室工作之初。他回忆当时的困惑：“当我从事古典文学教学时，却发觉过去所学所教的文艺理论不那么太适用。”（《中国四大古典小说论稿》“后记”，第365页）“理论”难以解决作品所带来的全部问题，尤其是现代理论无法有效切入古代小说文本。于是，立足于文本细读，将最新的思考、相关的话题以及“成果”及时与学生共享，再借助课堂讲授时的对话与交流反哺这些“成果”，形成了他的学术探索之路。张先生说：“作为师范院校的教师，我认为应以教学和科研相长，造就学术型师资为己任。”（《中国四大古典小说论稿》“后记”，第364页）并著文专门探讨“学术型师资”问题，他认为，教师“应自觉地以科研的眼光审视自己的教学活动，并以这种思维方式于潜移默化中影响自己的教育对象”[1]。其好处有二：一则有裨于纠正自己在观点上的失误和偏颇，二则为了培养学生的独立思考能

① 张锦池《教学与科研相长　造就学术型师资——谈谈我的教学思想和实践》，《黑龙江高教研究》1989年第2期。

力，不论是作业或者考试，都鼓励并要求学生提出与其不同的看法。的确，张先生长期聚焦于小说名著研究学术特点的形成，即屡经讲坛实践的检验。他曾多次夫子自道："当我开专题课时，便喜欢选那些学生读过的名著和别人谈烂了的重大问题作为麻雀来解剖，从中让学生看看还能否有所发现，有所前进，基点是求实，以期帮助学生掌握原著，提供他们发现问题的能力，锻炼他们的治学方法。"（《中国四大古典小说论稿》"后记"，第 364 页）名著之重要，首在其蕴藏之丰厚，作家轻描淡写的几笔，都可能包含了难以洞察的文本和文化信息。如是，他汲汲于名著文本的情节、人物、话语、动作、细节等的分析，以小见大，通过一个个小的切入点深入文本内部，形成课堂教学的深入浅出，趣胜理丰。如他在课堂中经常发问的一个生动例子："芳官的两个耳环是一样的吗?"通过《红楼梦》第六十三回"寿怡红群芳开夜宴"中芳官两个大小、形式皆不同的耳环提出问题，解释、分析文本为何如此细密安排，进而借助"从芳官的耳环说起"完成了《红楼梦》结构研究这一个巨大的小说史命题，凡人物关系、章回布局、情节线索，乃至通部之主题等皆为之关联，最终形成"均衡美"的一家之论[1]。《红楼梦》是第一个被张先生解剖的"麻雀"，他的学术转型其

---

① 张锦池《〈红楼梦〉的均衡美及其数理文化论纲》，《红楼梦考论》，第 338—360 页。

实也因之而正式开始。可以说，正是对教学相长原则的持守，张先生培养了学生，也成就了自己，学术个性、学者情怀也得到了有力的彰显。

张先生的课堂风采曾成为很多学生毕业怀想的“风景”，非常重要的原因来自教学内容的生动、丰满。他从宏观着眼、微观入手，立足于文本，在传达知识、思想的同时着力培养学生的思维、方法和学风。他说，教授给学生的观点，有一天学生也许会忘记，但“授予学生研究问题的方法，却可以使他们终生受用，而这种授予又应该以扎扎实实的专业讲授为其基础，否则，便是在为空疏的学风鸣锣开道”①。于是，在努力呈现文本细读的过程中，张先生特别注意教导学生有关名著的“读法”。他善于引导学生关注习焉不察的细节，揭示隐含其中的信息、逻辑与关节所在，并提醒他们哪些属于“正笔”，不能轻易放过，哪些属于“闲笔”，可以一带而过，其中原因何在、意义怎样等，让生活哲学、人情物理和相关知识均在具体的分析中渐次呈露，学生的认知与审美体悟能力也在潜移默化中得到培养、提升。如解读猪八戒好吃懒做的性格，张先生从“远道无轻担”的生活常识出发，指出一路挑担的猪八戒其实更为辛苦，放下担子后首先想到的是睡觉而不是吃饭，固然来自猪的原型

① 张锦池《教学与科研相长　造就学术型师资——谈谈我的教学思想和实践》，《黑龙江高教研究》1989年第2期。

胎记，然亦合乎情理，形象本身其实存有真实可爱之处。因之而形成的学术论文《论猪八戒的形象演化》，则在肯定猪八戒的文化原型来自猪文化传说中的“黑猪精”且属于“国产猪”后，指出其具有本土国民性特点，“既狡黠而又憨厚，既懒惰而又勤谨，既好色而又情真，既畏难而又坚定，既自私贪小而又不忘大义”，并进一步分析道，“缺点是其显性性格因素，优点是其隐性性格因素，或者说，他外在的种种缺点掩映着他内在的种种优点”（《西游记考论》，第195页），精当道出猪八戒形象的特质以及丰富的文化构成。

在精彩纷呈的课堂讲授中，张先生从不掩饰个人的感性认知、阅读体验，伉爽、耿介、率真的个性与敏锐的艺术感受力融洽一体，熠熠生辉，而浸透其中的生命力表达不仅彰显了课堂教学的个性风采，也转化为其学术论文写作中最富情怀的部分。因特殊的经历，他对《红楼梦》中宝玉、宝钗、黛玉等人物形象的课堂分析，往往融入了本人之于世态人情的体察与感慨，欢喜与偏爱往往逸出形象本体；然在学术论文中，他总能挣脱“情感”之羁绊，将这些出自个体生命感知的理解上升为一种普遍的人类经验，进而导入学理性分析与学术史评价。再如对“人才”的认知，是他个人忧患中形成的生命情结，也成为其小说研究的核心命题之一。可贵的依然是他的生命体悟与学术思辨的有机结合，

《论〈西游记〉的创作本旨及其对传统思想的打破》等《西游记》相关论文，指认《西游记》的核心问题是人才观问题，即“天下治乱，系于用人”①；讨论《三国演义》的“三本思想”，将人才为兴邦之本与民心为立国之本、战略为成败之本并列为三，并在分析刘备、曹操形象时特别强调人才观之主导性作用。他始终牢记自己所进行的是学理映照下的文学研究，从未如某些学者的论文因“斜”出太过而衍为专讲“人才学”“厚黑学”一类的著述。

张先生学术研究中强烈的学术史意识，也与课堂上从不回避那些聚讼不已、难衷一是之难点、热点问题相关：“凡遇到这类问题，一般都紧扣原著，以是否符合作品实际作为评判标准，从评介各家之说的得失入手，引出自己的见解；如果自己的观点前后有变化，那就说明以前的观点何以是错的，这会增强学生对问题的关注。”② 这种基于知识和教育本位的科学态度，促成了课堂教学方式的丰富，有启发式讲授，还有切磋式对话：“苟有新见新解，则先在课堂里发表，然后再写成文章寄出去；遇到百思不得其解的问题，也讲给学生，并说明自己何以百思不得其解，以引起教学互动，成了我从事教学和科研的基本原则。”（《中国六大古典

① 张锦池《中国四大古典小说十二讲》，吉林人民出版社2005年版，第148页。

② 张锦池《教学与科研相长　造就学术型师资——谈谈我的教学思想和实践》。

小说识要》“后记”，第 590 页）他坦承，自己在科研思考中的很多困惑借助教学得到了解决，谈及《红楼十二论》的成书：“如果说，我所思考的问题犹如‘半亩方塘’，那么，学生所提出的种种问题则是一支‘源头活水’。这对我最后统一修改收在这个集子里的十二篇文章起了十分有益的作用。我感到这也是当教师的一种偏得。”（《红楼十二论》“再版后记”，第 402 页）的确，他的很多学术论文，最初都是课堂的讲授话题，系统化构思后形成了学术论文。他专门谈过《水浒传》研究与课堂教学的关系，正是课堂教学中所生成的四篇论文形成了《水浒传》研究“忠义”说的纲领性论述[1]。而这种以活跃思想、激发求知欲为方法培育英才的意识，也促成张先生课堂话语的学术方法论指向。如他最经常引用的话就是《红楼梦》中刘姥姥的“守多大的碗儿吃多大的饭”；如他给学生打比方说，文学批评就像女孩子跳皮筋，不论嘴里唱的是什么调子，脚都要踩在皮筋上，调子就是观点，想唱什么都行，但脚始终不能离开皮筋，皮筋就是文本；如他特别善于将文本细读变成一个个推理性故事，借助文本中那些最能激发阅读兴趣和想象力的细节，融生动细致于逻辑分析中，不仅便于发现问题，且在发现中如同侦探小说一样带来陌生感、实践性，进而打开文本

① 张锦池《教学与科研相长　造就学术型师资——谈谈我的教学思想和实践》。

无限丰富广阔的天地。他说:“课堂教学如能讲得学生满脑子都是感兴趣的问题,其思维活动总是随着教师的讲授而处于质疑、释疑、再质疑、再释疑,如此循环往复状态,甚至回到寝室兴奋点犹存,彼此争得面红耳赤,并由此而逐渐形成一种为振兴中华而苦读、多思、好问、善辩的学风,这就是最好的启发式,而育人之道亦寓焉。”① 冯其庸先生称赞张先生“读书精细,目光四射,烛照无遗。所以往往能见人之所不能见,于别人不经意处发现问题,提出新的见解,新的思路”②,是就其学术研究而论,却未顾及其中包含的课堂教学经验和获得的辐射作用,其实为教学相长之成果也。

张先生的学术研究养成于教学实践,其著述成果亦具有指向教学、反哺教学的丰富质素,如同他自己再三宣示者:“作为教师,搞科研本身不是目的,只是手段,目的是以科研促教学。”③ 他认为自己著作的价值之一,就是“由于它来自我的教学,比较适合莘莘学子的阅读而已”(《中国四大古典小说论稿》“再版附记”,第369页)。不仅《红楼十二论》《中国四大古典小说十二讲》等成为通行多年的教材,其因循出版社的“大众化”定位而完成的《漫说西游》

① 张锦池《教学与科研相长 造就学术型师资——谈谈我的教学思想和实践》。
② 冯其庸《红学的新贡献——〈红楼梦考论〉序》,《红楼梦考论》,第2页。
③ 《〈水浒传〉考论》“前言”,第1页。类似的话在《三国演义考论》“前言”、《中国六大古典小说识要》“后记”中皆有表述。

（人民文学出版2001年版）也有意于“举一反三，深入浅出”的写法，著声誉于社会文化空间。李希凡先生谈及《中国六大古典小说识要》，揭明其“显然是他古典小说专题课提炼的精华”，具有教材的特质，指出：“对于这六部作品的思想艺术的剖析，讲课人给予学生的知识，绝不局限于作家和作品本身，而是广及深厚的历史文化传统、复杂的时代思潮，以及作家个性化的艺术创造的各个方面。”[①] 品读这些著作，其中饱含着张先生对文学、文化和文学传统的深刻理解，以及有关生命经验、人生理想和审美趣味的细致传达，其指向一种改变与塑造，教育之义深寓其中，而这正是作为一种文化实践的“教学相长”应负有的文化使命，张先生的小说名著研究也因之具有特殊的学术意义。

结　语

张锦池先生一生的学术成就，来自于培养学生的责任和使命感，得益于学术传统的承继与发扬，成功于与学界众多良师益友的切磋交流。他认为，天下万般学问，莫不需要“如切如磋，如琢如磨”，而他踏入每一条名著的“河流”，实际上都与持续不断的学术论衡相关。生成于每个场域的始

---

① 《考论结合，回归传统——张锦池〈中国六大古典小说识要〉代序》。

终不断的自我审视，则可理解为他一生都在坚持的与“自我”的战斗。他说：“当我一离开教室，当我一走下学术会议的讲坛，当我一合上稿纸，空虚感便向我袭来，因为我深感才疏学浅，腹中已掏得空空，而呈现于人前的自己园子里种的一点新鲜瓜果，亦不过尔尔！”① 究其所然，这一切都来自他终生服膺的中国古代小说研究的学术理想。石昌渝先生说：“锦池先生是我十分钦佩的学者。我钦佩他作为学者的单纯。与他相识相交二十多年，相聚交谈的时间加起来并不多，但每谈必学术，他八十年代已经展现古代小说研究的才华，成果累累，而他却从不停步。一如既往地把全部精力投入学术，绝不旁骛学术之外的东西，学术是他毕生的追求，是他的生命。”② 是的，正因为视学术为生命，张先生从不拒斥来自外部或者周边的新知、新说，也不盲目选择意识形态立场，永远坚守学术之本位、学人之良知，如是，他的学术进境始终处于不断打开的过程中，立论稳健，学风严谨，饱含人文情怀。他能成为新时期至今卓有成就的著名学者，并非偶然。

2013 年 11 月，在考入北京大学 55 周年、毕业于北大 50 周年之际，张先生重回母校，在纪念册上题诗：“君乃天

① 张锦池《中国四大古典名著考论》“后记”，人民出版社 2019 年版，第 1470 页。

② 石昌渝《三国演义考论》“跋”，张锦池《三国演义考论》，第 275 页。

边飞来客，我是尘间一俗夫。反主为宾君客我，始信人世道不孤。”同时题写联语：“亦丘亦壑真天地，即险即夷谓人寰。”一绝句，一诗联，依然是一贯的谦恭、敬畏，透射出的却是历经磨难后的洒脱之气、获得母校高度认可的感恩之情。此际，他早已放弃了一度耿耿于怀的“第三世界”理论①，思想通透，性情淡然，真正转入以学术涤洗自我的过程。2020 年 9 月 27 日，在大道已成之时，在秋风落叶之际，他悄然告别了这个唯有学术真正属于他的人世间。“吾道不孤”，应是张锦池先生回望自己的精神遗产最后发出的感慨！

（原载《文学遗产》2023 年第 1 期）

① 张先生所谓“第三世界”，是指省属高校，首见《中国四大古典小说论稿》“后记”，第 366 页。

后　记

1986 年以来，我对《西游记》产生了浓厚的兴趣，十年间以亦考亦论的方式发表了十馀篇文字，得三十四万馀言。于是，便于 1996 年编订成集，题为《西游记考论》。承黑龙江教育出版社的领导和责编程俊仁先生不嫌鄙陋，愿意赔钱出版，致我在该书后记中曾写下自己的不安："因为我总有一种预感，就是这本费了我十年心血的小书它的命运将十分寂寞"，会有负他们的好意。

1998 年 9 月，我应邀赴南开大学中文系参加全国古典文学和古籍整理博士生导师会议。会议期间，承人民文学出版社管士光先生不嫌我学识荒率，曾两次约我写本十万字左右的《漫说西游》，以作为他们的丛书之一，这使我颇受鼓舞，仿佛十年辛劳获得认可似的；但思之再四，却未敢承诺。主要原因有三：一是，深恐为敝帚自珍所累，在观点上跳不出《西游记考论》的框框。二是，我性情呆板，而文如其人；"漫说"宜写得令人读之妙趣横生，而我不具备这方面的才情。三是，唯恐影响《西游记考论》的销路，心里更对不起黑龙江教育出版社。一言以蔽之，生怕于友于己两失。返回哈尔滨以后，又蒙管士光先生两次来函敦促和开释。一则感于盛情难却，二则也由于承黑龙江教育出版社有关同志相告，《西游记考论》初版三千册已剩馀无几，遂勉从命，以数月之力，在删《西游记考论》之“考”而留其一些比较令人感兴趣的“论”之基础上，草成此稿。书已成，本想在稿上再做些删繁就简的工作，把某些不必要的词语和重复的意思尽量去掉，不意在前天夜里于烧开水冲浓咖啡以提神之时，糊里糊涂地将一大杯刚以滚开水冲的浓咖啡全部泼在右小腿上，致烫成手心大的二度烫伤，医生说至少需二十天方能恢复，而管士光先生又索稿甚急，已误期一个多月了。此时此刻，除了遵医嘱将烫伤的右腿搁在书桌上怪模怪样地草此后记外，一切只能俟诸来日了。

谨请方家和读者不吝赐正。

张锦池

1999年4月30日

于哈尔滨师范大学庐寓

出版后记

本书的前身是张锦池先生的《漫说西游》(人民文学出版社 2001 年版)。根据“古典新知”丛书体例,我们将《漫说西游》所收十三篇文章,按内容分为三个板块,分别命名为“成书考索”、“全书总论”、“人物细讲”,作为正文。

为助益广大读者深入理解张锦池先生的《西游记》研究乃至中国古代小说研究的卓著成就,承蒙陈熙中(曦钟)先生、陈洪先生、杜桂萍先生俯允,我们将他们的相关评论辑为本书附录。在此,向三位先生致以诚挚谢意!

人民文学出版社编辑部

2023 年 8 月 9 日